청춘방랑

이 도서의 국립중앙도서관 출판예정도서목록(CIP)은 서지정보유통지원시스템 홈페이지(http://seoji.nl.go.kr)와 국가자료종합목록 구축시스템(http://kolis-net.nl.go.kr)에서 이용하실 수 있습니다.

(CIP제어번호 : CIP2019048652)

청춘방랑

김홍희

지혜

개정판을 내며

Love Song to a Stranger

만남 없는 헤어짐이 어디 있겠는가.

헤어진 모든 것들은 사랑한 것들이고, 사랑한 모든 것들은 낯선 것들이다. 우리는 낯선 것들과 만나 사랑하고, 낯선 것들과 이별한다. 방랑 역시 낯선 것들과의 조우다. 조우는 고통이고, 고통은 신음한다. 그래서 방랑은 신음이다. 그러나 고통을 두려워하지 않는 신음이다. 그것이 방랑이다.

삶은 아픔이다.

겨울날 여인숙의 찬물로 씻고 들어온 자신의 육신을 흐릿한 거울에 비춰 보는 비장함이다. 닦아도 맑아지지 않는 거울에 비친 자신이다. 삐걱거리는 창틈으로 들려오는 술 취한 사내의 휘파람 소리다. 아쟁의 현처럼 끊어지지 않는 겨울바람 소리다. 그리고 막 불 지핀 여인숙의 연탄보일러 아랫목에 웅크린 당신이다.

나는 이전의 '방랑' 사진들에 캡션을 달 수가 없었다. 너무 아팠기 때문이다. 그리고 20년. 그것들이 낯설어지기 시작해서야 쓸 용기가 생겼다.

혼자 잠드는 트윈베드도 두렵지 않다. 겨울 변산에서 영혼을 녹이는 그대 따뜻한 팔이 없어도 울지 않고 잘 만해졌다. 다 낯설어진 탓이다.

모든 것은 들판을 흐르는 미풍처럼 천천히 흐르는 것.

불현듯. 만난 것처럼.

방랑은 그렇게 당신과 함께 지속될 것이다.

천천히.

천천히.

Good Bye, John Baez.

글머리에

"사람 사는 기 어데 간들 안 똑같나."

길 떠날 때마다 아들의 바랑 속에 찔러주시던 어머니의
한마디.

인도의 갠지스 강가에서도, 몰디브의 푸른 산호초를 밟
고 인도양의 망망대해에서 홀로 적도의 별을 보고 서 있을
때에도, 바랑 속의 한마디는 결코 그 무게를 덜지 않았다.

북구의 백야를 뒤로한 채 지중해 에게해의 섬과 섬을 징

검다리 삼아 돌아다니고, 먼 길 가난한 동남아의 인정을 다 둘러보도록 해진 바랑 속에서 삐죽이 얼굴을 내밀며 웃고 있는 어머니의 한마디. 진리의 말씀.

사람들은 묻는다. 그 많은 여행 중에 가장 기억에 남는 곳이 어디냐고.

내 대답은 언제나 간단하다.

"사랑에 빠졌던 곳."

사람들은 또 묻는다.

"그럼 두 번째는요?"

나는 사실 사람들의 질문을 잘 알고 있다. 나이아가라 폭포나 콜로세움, 파리의 에펠탑이 소문대로 멋졌느냐고 묻고 있다는 것을. 동남아의 빈민촌 그 골목길에 사는 그들이 정말로 찢어지게 가난하더냐고 묻고 있다는 것을.

해는 동쪽에서 뜬다.

나는 부산에서 태어났다. 바다로 뜨는 해만 보았지 지는 해는 본 적이 없다. 내게 바다와 해는 일상이자 희망이었다. 언젠가 변산에 간 적이 있다. 변산의 지는 해를 바라보고 전율했다. 그때 나는 마흔을 넘기고 있었다. 나는 그후 내가 매혹된 변산바다를 자주 찾았다. 변산바다에서 나의 방랑을 멈출 수도 있을 것만 같았다.

　　파리의 거리거리 뉴욕의 5번가에도 공허는 찾아오는 것.
　　여행이란 얼마나 덧없고 헛된 것인가.
　　그대여 그대는 곧 깨닫게 되리니.
　　중요한 것은 머문다는 것!
　　참 오랫동안 짊어지고 다녔다.

방랑

노래

히피들은 노래에 취해 널브러져 있었다. 샌프란시스코를 떠나온 자들이 듣는 샌프란시스코의 노래. 애절한 기타음, 향수에 지친 스콧 매켄지는 수라타니의 주크박스에서 〈샌프란시스코〉를 목놓아 부르고 있었다. 히피들의 천국 코사무이로 가는 작은 선착장에서 본 광경이었다.

집은 바다가 보이는 언덕에 있었다. 갈 곳 없는 철거민 아파트. 그래도 바다 하나는 잘 보였다. 낮에는 드넓은 항구가, 달이 뜨면 황금길이 검은 수평선 저 너머까지 내달았다. 그 위를 걸으면 지구 어디든 갈 수 있을 것 같았던 바닷길. 길이 내려다보이는 언덕에서 기타를 북처럼 두드리며 나도 〈샌프란시스코〉를 불렀다.

스콧 매켄지는 본래 히피였다. 60년대 말, 70년대 초 〈샌프란시스코에 가면 머리에 꽃을 꽂으세요〉라는 곡을 내고 공전의 히트를 하자 (7백만 장이 넘는 LP가 팔렸다), 어디론가 돌연 사라져버렸다. 음반사는 천문학적인 인세를 주려고 사방으로 그를 찾았다. 그러나 한번 사라진 그는 영영 돌아오지 않았다. 어딘가에 살아 있다면 이미 거부가 되고도 남았을 그는 결국 샌프란시스코로 돌아오지 않았다. 어떤 사람은 그가 죽었다고 말했고, 또 어떤 사람은 본래 히피였으니 히피로 다시 돌아갔다고 말했다.

어린 날 트랜지스터의 DJ는 그를 이렇게 설명하며 〈샌프란시스코〉를 틀어주었다. 이후 나는 스콧 매켄지에게 완전히 매료되었다. 그리고 그는 어딘가에서 홀로 세상을 웃으며 살아 있을 거라고 맹신했다.

기타 하나만 들고 아무도 몰래 홀로 지구를 걸어다니는 히피. 그는 유혹이었다. 그를 추종하는 유일한 방법은 〈샌프란시스코〉를 그처럼 부르는 것이었다. 나도 언젠가 스콧 매켄지처럼 지구를 홀로 걷는 꿈을 꾸며.

그때 내가 서 있던 곳은 히피들의 천국 코사무이로 가는 허술한 선착장이었다. 빈손으로 태국의 동남쪽 작은 항구 수라타니까지 흘러들어온 것이다. 땀에 젖은 천국행 배표를 구겨 들고 들어선 뱃머리, 넝마처럼 낡아 있었다. 새것이라고는 하나 없는 거기에 아직 포장도 제대로 뜯지 않은 주크박스가 하나 있었다. 누군가 코인을 넣고 버튼을 눌렀다. 처량하게 흘러나온 첫 노래는 나의 운명을 예지한 것이었다.

샌프란시스코에 가면 머리에 꽃을 꽂으세요.
거리에는 꽃을 꽂은 멋쟁이들
당신의 사랑이 거기에 있어요.

여름날,
당신의 사랑이 기다리고 있을 샌프란시스코
잊지 말고 머리에 꽃을 꽂고 가세요.

거리거리에서 온 사람들
출렁이는 사람의 물결
그들의 흔들림이 사랑이에요.

그러니 당신도 잊지 말고
머리에 꽃을 꽂으세요.
사랑이 기다리는 여름날의 샌프란시스코에 가면.

스콧 매켄지 〈샌프란시스코〉

변산의 겨울바다에는 사람 하나 없다. 머리채를 흔들며 해변으로 치미는 파도. 해변의 주점도 문이란 문은 죄다 닫아걸었다. 시린 손을 비비며 문을 두드리는 차가운 바람. 바르르 떨리는 얇은 폴리에스테르 투명 지붕 위의 낡은 외짝 나발 스피커에 스콧 매켄지는 갇혀 있었다. 바람결에 〈샌프란시스코〉를 흘려보내며.

그를 따라 나 역시 지구를 걸었다. 종내에는 겨울바람 찬 변산까지 떠밀려왔다. 그는 나발 통으로 발 없이 여기까지 흘러왔는데, 나는 아직 가보지 못한 샌프란시스코를 꿈꾸며 긴 그림자로 변산에 서 있다.

이혼 여행

나는 그때 비행기의 창 쪽에 앉아 있었다. 한여름 밤의 홍콩발 방콕행 루프트한자는 서양사람들의 땀냄새로 질식할 것만 같았다. 만석 비행기에는 여분의 자리가 하나도 없었다.

내 옆자리에 부부로 보이는 젊은 외국인 남녀가 앉았다. 두 사람은 비행기가 이륙할 때까지도 서로에게 별로 말이 없었다. 긴 여행을 하면 대개 사람들은 지쳐서 말이 없어지는데 이들도 그러려니 생각했다.

　드디어 비행기가 이륙을 했다. 홍콩의 카이탁 공항은 바다 한가운데 있다. 낮 비행기를 타고 홍콩 비행장에 착륙할 때의 스릴은 대단하다. 바다 한가운데의 가느다란 선에 착륙하는 기분이란, 모르긴 몰라도 항공모함의 편대 조종사의 스릴 같은 것일 게다.

　지금은 밤. 낮과는 달리 얼마나 황홀한 야경인가. 세계 제일의 야경이 비행기의 선회하는 방향에 따라 시시각각 그 아름다움을 달리한다. 나도 모르게 경이로움에 연신 환호를 질렀다. 옆자리의 사내가 고개를 숙이고 쿡쿡 웃고 있다. 그 옆의 여자도 나를 신기한 듯이 바라보며 수줍게 웃고 있다. 핑크색 안경테 너머의 푸른 눈이 아름답다. 계면쩍었다.

　"어디서 왔습니까?"

　"프랑크푸르트."

멋쩍은 일순을 모면하려고 남자에게 말을 붙였다. 미남이었다. 특히 이마가 그리스 조각처럼 멋지게 넓었다.

"혹시 찰턴 헤스턴이라고 아세요? 내가 정말로 좋아하는 미국 배운데, 〈십계〉라는 영화 주인공 했던 사람. 당신을 처음 봤을 때 그 사람인 줄 알고 너무 놀랐어요."

우리는 금방 친해졌다. 그리고 홍콩에서 방콕으로 날아가는 세 시간은 우리를 친구로 만들기에 충분했다. 방콕에 도착할 즈음 여자가 먼저 말을 꺼냈다.

"호텔에 짐을 풀고 하이엇 호텔로 오세요. 오늘 저녁식사를 같이하고 싶어요."

남자도 내 손을 잡으며 꼭 오라고 했다. 로비에서 기다리겠다며.

그날 밤 우리는 랍스터를 먹으러 갔다. 세상에 맛있는 음식이 많다고는 하지만 솜씨 좋은 주방장이 요리한 랍스터만 한 것이 또 있겠는가. 우리는 연신 맥주를 마셔가며 말 그대로 배가 터지도록 두꺼운 껍질에 싸인 살 속으로 몰입했다. 나야 본래 여행을 떠나면 뭐든지 잘 먹고, 또 잘 먹지 못할 때를 대비해서 많이 먹어두는 버릇이 있어서라지만 두 사람의 식욕도 대단했다.

그러나 그들이 연신 맛있다며 먹는 모습에서는 왠지 알 수 없는 허망함 같은 것이 느껴졌다. 어쩌면 자신들은 별로 즐기지 않는 음식이지만 내가 너무 맛있어 하니까 기분을 맞춰주려 한 것은 아닐까, 이런 생각이 스쳤다.

우리는 레스토랑을 나와 다시 하이엇 호텔로 돌아가 바에서 술을 마셨다. 함께 〈로렐라이〉를 불렀다. 그들은 독일어로 나는 한국말로. 그래도 다 통했다. 그녀 베아테와 못 추는 블루스도 함께 추었다. 육감적인 여자였다. 그리고 아름답고 지적이었다. 그녀의 체취는 고고하고 뇌쇄적이었다. 황금마차가 호박으로 돌아갈 시간이 왔다.

내가 묵는 말레이시아 호텔은 다운타운에서 좀 벗어나

있었다. 그들은 극구 만류하는 나를 택시에 태워 그 초라한 삼류 호텔 앞에다 나를 내려주었다. 베아테도 따라 내렸다. 독일에 오면 꼭 연락을 하라는 말과 당신이 그리울 거라는 말을 몇 번이나 하며 나를 꼭 껴안았다. 나는 그때 남녀가 껴안는 것에 익숙하지 않았다. 어색했다. 택시 안을 보니 남편은 고개를 돌려 다른 곳을 보고 있었다.

짧고 긴 일순이 지나고 그녀는 나를 껴안은 손을 풀며 나의 눈을 맞추려 했다. 나는 순간 너무 놀랐다. 그녀의 파란 눈에 눈물이 그렁그렁 맺혀 있었다. 핑크빛 안경테 너머로 적도의 바닷빛 같은 푸른 눈물이 보석처럼 고여 있는 눈동자를 본 적이 있는가. 무슨 말인가 하고 싶으나 말을 다 하지 못하는 사람의 심정이라고나 할까.

우리는 그렇게 헤어졌다. 그리고 오랫동안 그녀의 푸른 눈물은 마르지 않고 내내 내 가슴속에 남아 있다.

후에 안 일이지만 나와 함께한 그날 밤은 그들의 이혼 여행 첫날이었다.

에어컨

테렝가누로 가는 버스는 서울의 정월처럼 추웠다. 열대의 밤을 거슬러 북으로 가는 버스의 에어컨은 상상을 초월하는 찬바람을 뿜어댔다. 반바지와 반소매 차림으로는 도저히 견딜 수가 없었다. 참다못해 용기를 내어 운전수에게 갔다. 에어컨 온도를 좀 높여줄 수 없겠느냐는 부탁을 하러 간 것이다. 하지만 운전수를 본 나는 에어컨이라는 말조차 꺼낼 수가 없었다.

운전수는 열대지방에서 도저히 상상도 할 수 없는, 동물의 털로 만든 목도리가 달린 두터운 외투를 입고 운전을 하고 있었다. 내 자리로 돌아오면서 보니 버스에 탄 사람들도 하나같이 두꺼운 옷을 입고 거기다 모포까지 덮어쓰고 잠들어 있었다.

여행 경험의 미숙. 현지 조사의 부실. 추위 속에서 잠깐 잠이 들었을까. 나는 말레카(말레이시아에서 가장 오래된 도시)를 떠나 테렝가누로 가는 만원버스 속에서 완전히 한겨울 눈 속에 내버려진 사람처럼 혼자 얼어가고 있었다. 내장까지 얼어들었다. 한숨 잠은커녕 의식이 몽롱해졌다.

초저녁에 말레카를 출발한 버스가 말레이 반도 동북부 최고의 휴양지 테렝가누에 도착한 것은 새벽 3시. 오금이 완전히 얼어붙어 발걸음을 뗄 수가 없었다. 운전수와 정류장 관리인이 와서 나를 들어 내렸다.

열대의 나라 말레이시아에서 이런 일이 있으리라고 상

상이나 했겠는가. 운전수와 관리인은 얼어붙은 나를 부축해 그들의 사무실로 옮겼다. 그들은 꽁꽁 언 강아지처럼 오그라붙어 있는 나를 바닥에 뉘었다. 그리고 사무실 안에 있는 석유 곤로를 켰다. 그러나 한번 언 몸은 쉽게 녹지 않았다. 그러기를 두어 시간. 속부터 얼었던 한기가 사라지고 서서히 다리가 펴졌다. 살 만해졌다. 그들이 권하는 따뜻한 차를 내 손으로 얼어 마실 수 있게 된 것은 먼동이 훤해지는 아침이 되어서였다.

열대의 만원버스 속에서 얼어 죽을 뻔한 기이한 경험이었다.

라미

그녀의 이름은 라미였다. 게르다라는 동갑내기 여자친구와 함께 말레이시아를 여행하는 네덜란드인. 항구도시로 유명한 로테르담 미인이었다. 우리는 사람 없고 조용한 말레이 반도 동북부 테렝가누 바닷가의 허술한 민박집에서 만났다.

그녀는 언제나 아침에 일어나 샤워를 했다. 그녀의 머리는 금발이었는데, 정말이지 말 그대로 반짝이는 황금으로 만든 가느다란 금실을 올올이 늘어뜨린 것 같았다. 라미, 그녀는 누가 보아도 그레이스 켈리와 같은 고고함을 지니고 있었다. 함께 민박집에서 묵었던 많은 외국 친구들이 그녀를 그레이스 켈리보다 나으면 나았지 못하지 않다는 것에 동의했다. 그리고 그녀는 머리카락이 채 마르기도 전에 황금빛으로 빛나는 금발을 착 달라붙게 빗어 넘겼다. 그러고는 야자수 아래에 부는 살랑이는 열대의 바람으로 금발을 말리는 것을 즐겼다. 그런 라미의 모습은 바로 살아 있는 조각이었다.

라미는 대게 게르다와 함께 지냈다. 함께 민박집에서 지내는 동안 젊은 사내들이 게르다에게 말을 거는 것은 보았지만 라미에게 다가가 말을 거는 것은 거의 보지 못했다. 그런 라미가 가끔 야자수 아래서 미동도 하지 않고 나를 지그시 바라보았다. 나는 서양 여자의 그런 눈길이 동양인을 신기하게 보는 정도인 줄로만 알았다.

우리가 묵는 민박집에 라미가 온 이후로 마을의 어떤 남자가 들렀다. 마을 사람들은 그를 '보스'라고 불렀다. 그다지 큰 체격은 아니었지만 딱 벌어진 어깨에 단단한 몸매를 하고 있었다. 인상은 서글서글하니 좋아 보였다. 그러나 가끔 나를 쏘아보는 눈빛이 간담을 서늘하게 할 정도로 강렬했다. 사람을 제압하는 힘이 있었다. 그가 민박집에 나타날 때는 언제나 옆에 건장한 사내 하나가 붙어 있었다. 보스가 뭐라고 하면 절도 있게 허리를 굽혀 시중을 들었다.

하루는 보스가 민박집에 와서 난데없이 오늘 우리 모두를 가까운 특급호텔로 초대할 테니 다 함께 오라는 것이었다. 우리는 영문도 모르고 그날 밤 8시 호텔로 갔다. 보스가 주문해둔 음식은 호텔 최고의 요리였다. 토토라 불리는 짓궂은 미국 친구가 메뉴판을 들고 왔다. 음식값을 보니 우리 돈으로 10만 원이 넘었다. 정확하게 우리의 인원수에 맞춰 13인분을 시켜두었다. 그뿐이 아니었다. 위스

키와 맥주를 병째 들고 와 마시고 싶은 만큼 마시라는 것이었다. 우리는 놀라 보스를 보았다. 보스는 예의 그 서글서글한 표정으로 염려하지 말고 오늘밤 마음껏 먹고 마시고 이 호텔에서 자라고 말했다. 그러면서 일이 있어 나중에 다시 오겠다며 자리를 비웠다.

먹고 마시기를 몇 시간. 보스는 좀처럼 돌아오지 않았다. 우리는 약간 동요했다. 세계 각국에서 모인 민박집 친구들은 대개 이십 대 초중반으로 이십 대 말인 내가 가장 연장자였다. 게르다가 내게 왔다. 좀 이상한 것 같다며 어떻게 해야 할 것인지 물었다.

나는 친구들을 다 불러 모았다. 그리고 오늘 밤 한 사람도 이 자리를 뜨지 말고 같이 있자고 했다. 만약 민박집으로 돌아가는 사람은 그냥 두지 않겠다고 엄포를 놓았다. 모두들 그러겠다고 했다. 그리고 토토를 불러 보스가 우리를 위해 예약해둔 방을 알아보고 오라고 했다. 덩치가 좋은 남자애 돌보고는 라미와 게르다가 화장실을 갈 때도 꼭 따라갔다 오라고 했다. 잠시 후 토토가 돌아와서 놀라운 사실을 알려주었다. 우리에게 배당된 방이 열세 개라는 것이었다. 한 사람 한 사람 앞에 방을 다 배정해둔 것이다. 그리고 특히 라미의 방은 스위트룸이라는 것이었다.

전후시말이 보였다. 그러나 우리는 이미 취해 있었다. 우리는 먹다 남은 술과 음식을 모조리 싸들고 라미의 방으로 옮겼다. 토토의 말은 사실이었다. 라미의 방은 이전에 본 적이 없는 멋진 스위트룸이었다. 욕실의 수도꼭지가 금장이었다. 나머지 우리들의 방은 싱글이었다.

우리는 라미의 방문을 잠그고 밤새 떠들고 놀았다. 누군가 노크하는 소리가 들리면 우리는 약속이나 한 듯이 서로의 얼굴을 보며 쥐 죽은 듯이 조용히 있었다. 그리고 밖이 조용해지면 다시 깔깔거리며 떠들어댔다. 어떤 두려움과 호기로움이 교차하는 타국에서의 기나긴 열대의 밤이었다. 그리고 새벽이 오고 여명이 밝았다.

토토가 나가더니 자기 방에 가서 뭔가를 들고 왔다. 호텔의 이니셜이 찍힌 목욕 가운과 큰 타월, 그리고 비치해 둔 칫솔과 치약, 친구들은 무슨 뜻인 줄 알았다는 듯이 모두 자기 방의 키를 챙겨가서 토토가 들고 온 물건과 같은 것을 하나도 남기지 않고 깡그리 챙겨왔다. 그러고는 그것들을 자신들의 작은 배낭에 대충 꾸겨넣고 호텔을 유유히 빠져나왔다.

그날 오후 우리는 민박집 해 가리개 밑에 모여 앉아 어젯밤에 있었던 일을 마치 작은 전쟁에서나 이긴 것처럼 떠들고 있었다. 그때 보스가 민박집에 들렀다. 건장한 사내 둘을 데리고 들어선 보스의 안광은 서늘했다. 우리는 일순 얼어붙었다. 묘한 긴장감이 민박집에 흘렀다.

"어젯밤 즐거웠나? 내가 일이 쉽게 끝나지 않아서 다시 갈 수 없었는데, 표정들을 보니 즐거웠던 모양이군."

그러고는 이내 넉살 좋게 웃으며 사내 둘을 데리고 홀홀 민박집을 떠났다. 우리들 사이에는 울지도 웃지도 못할 침묵이 잠깐 동안 흘렀다. 잠시 후 우리는 하나둘 말없이 타월을 챙겨 비치로 나갔다.

그날 이후 라미와 게르다는 나를 쫓아다녔다. 내가 어디를 가나 그림자처럼 따라붙었다. 말이 따라붙는 것이지 동네라 해봐야 민박집과 바다가 전부인 조용한 해변가에서 시간에 쫓기지 않고 선텐을 즐기는 것이 하루 일과의 전부였다.

라미는 내가 마실 물과 과일이 떨어지지 않게 부지런히 민박집과 해변을 오가며 나를 챙겼다. 새빨간 열대 꽃무늬 샤론을 허리에 감고 발꿈치를 든 채 뜨거운 모래 위를 조심스레 걸어오는 라미의 모습은 마치 막 조개껍질을 깨고 나온 비너스의 아름다움 그것이었다. 비너스가 태고의 아름다움을 간직한 테렝가누의 해변에서 첫걸음 걷는 듯한

착각을 불러일으켰다.

나는 뜨거운 햇살을 피해 야자수나무 아래로 돌아눕기만 하면 되었다. 바람에 씻긴 선텐 크림을 다시 발라주는 라미의 손길은 여인의 입술처럼 부드러웠다. 그녀는 야자수 아래에서 뜨거운 햇살을 피해 선잠을 뒤척이는 내 옆에 조용히 앉아 실눈으로 나를 내려다보곤 했다. 나는 그녀의 눈을 통해 그녀가 나를 어떻게 느끼고 있는지 충분히 알 나이였다. 그러나 그때 어찌 그녀의 깊고 푸른 눈을 마주 볼 용기가 내게 있었겠는가.

테렝가누를 떠나오던 날 아침, 라미와 게르다가 보이지 않았다. 민박집 젊은 주인은 싫다는 나를 버스 정류장까지 태워주겠다며 극구 자신의 오토바이 뒤에 타라고 했다. 성의를 무시할 수 없어 얻어 탄 오토바이는 민박집을 한 바퀴 휘 돌았다. 민박집을 도는 동안 마중 나온 서양 친구들은 '굿 럭'을 연발하며 키스를 날렸다. 오토바이는 말할 틈도 주지 않고 반대 방향인 야쟈수나무 숲 속으로 내달렸다. 길이 다르다고 그의 어깨를 두드렸지만 그는 못 들은 척 야자수 숲 속에서 오토바이를 멈추었다. 놀랍게도 거기에는 라미가 있었다. 입술에 새빨간 루즈를 바르고 마치 그리스 조각처럼 서서.

게르다의 박수소리. 말레이시아를 떠나는 동안 루즈를 지우지 말라는 라미의 뜨거운 입김. 버스 시간에 늦지 않으려는 50시시 오토바이의 애달픈 굉음. 민박집 주인 사내의 허리를 꼭 붙들고 앉은 나는 그 작은 오토바이 위에서 흔들리고 있었다.

쫑

그리스 에게해의 산토리니에서부터 줄곧 연락을 취했지만 라미의 전화는 앤서링 머신으로 넘어가기만 했다. 이탈리아 남부 브린디시에서 출발한 열차는 유럽 대륙을 거슬러 북쪽으로, 라미가 사는 로테르담까지 쉬지 않고 달렸다. 만나면 다행 못 만나도 그만. 인생도 여행도 그런 것이다.

로테르담 중앙역에서 라미에게 전화를 했다. 그녀는 앤서링 머신에 남긴 나의 도착 시간을 확인하고 그날 저녁

내내 기다리고 있었다. 우리는 서로 흥분되고 격앙된 목소리로 통화를 했다. 잠시 후 라미와 게르다가 중앙역으로 나왔다. 말레이시아의 테렝가누 이후 실로 2년 만의 해후였다.

라미와 게르다는 내 짐을 바쁘게 차에 싣고는 파티에 데려갔다. 마침 그날 친구들과 소시지 파티가 있다는 것이었다. 스무 명 남짓한 사람들이 모여 있었다. 모두들 나를 이미 알고 있다는 듯이 호의적이었고 "하이 킴, 하이 킴"하며 오랜 친구처럼 대해주었다. 그들은 테렝가누의 에피소드를 다 알고 있었던 것이다. 만나는 사람마다 말레이시아 보스 이야기를 하며 함께 웃었다.

사람들은 독일어가 딱딱하게 들린다고 하는데 찬성할 수 없다. 입 속을 둥글게 하여 공기를 밀어내는 듯한 독일어 발음은 잘 들어보면 쿠션이 아주 좋은 정구공을 만지는 기분이 든다. 네덜란드어도 그랬다. 적어도 나에게는 말

랑말랑한 고무공을 주거니 받거니 하며 담소를 즐기는 느낌이었다.

파티가 끝날 무렵 어떤 사내가 하나 들어왔다. 나는 놀랐다. 키가 작고 단단한 체격에 눈매가 테렝가누의 그 보스와 너무도 닮았다. 백인만 아니라면 틀림없는 보스였다.

라미는 그를 나에게 소개시켰다. 그의 이름은 '쫑'. 근간에 생긴 라미의 공식적인 보이 프렌드였다. 쫑은 내게 악수를 청했다. 체격과 달리 손이 컸다. 그리고 악력도 대단했다. 내 손을 꽉 쥐며 완력으로 밀어붙이는 그의 손에서 묘한 불쾌감이 전해졌다. 어쩌면 그 불쾌감은 손이 아니라 악수를 하며 무시하는 투로 내 눈을 들여다보는 그의 눈빛 때문이었을지도 모른다.

파티가 끝나고 우리 네 사람은 라미 집에 둘러앉았다. 라미와 이웃해 있는 게르다가 냉장고에 잘 얼려놓은 캔맥주를 가지러 간 사이 라미는 파티에서 가져온 소시지를 데웠다. 그러는 동안 나와 좋은 이런저런 여행 이야기를 했다.

좋은 저널리스트였다. 그래서인지 어투가 도전적이고 시비조였다. 아는 것도 많고 여행 경험도 풍부했는데 대개 그의 여행지는 아프리카였다. 아시아는 일본 외에 아는 것이 별로 없었다. 한국은 물론 아시아에 대한 편견 때문인지 아니면 나를 비하하고 싶어서인지 격하하는 말투를 예사로 썼다. 한국이나 아프리카나 거기가 거기 아니냐는 식의 말투였다.

나는 참았다. 왜냐하면 무식과 무지는 다르다는 것을 알고 있기 때문이었다. 너는 무지하다, 특히 한국에 대해서, 언젠가 한국에 올 기회가 있다면 내가 안내를 하겠다, 그리고 너는 꼭 한국을 좋아하게 될 것이다, 이런 말을 하는데 그는 결국 내 자존심을 긁고 말았다.

그는 레코드 마니아였다. 음악에 대한 조예가 깊었고 좋은 레코드를 모으는 수집광이기도 했다.

"나 같으면 초라하게 가방을 질질 끌고 여행을 하느니 내 방에서 음악이나 듣겠다."

나는 반사적으로 말을 뱉다시피 물었다.

"레코드가 몇 장이나 있지?"

"2천 장."

태도가 불온하다. 음악이 뭔지 알기나 하고 레코드가 어떻게 생겼는지 알기나 하느냐는 말투다. 말투도 말투지만 견딜 수 없는 것은 나를 무시하는 그의 느글거리는 회색 눈빛이었다. 시비를 받기로 했다.

"너 혹시 CD라고 들어봤냐?"

아는 눈치다. CD가 세상에 나온 지 그리 오래지 않은 당시에, 아날로그의 직직거리는 바늘소리를 즐기던 LP 마니아들은 CD의 음질이 너무 곱다는 이유로 거부반응을 일으키기도 했다. 그리고 LP 마니아들이 음질 좋은 CD로 쉽게 옮겨가지 못하는 또 다른 이유는 LP보다 CD가 훨씬 비

쌌기 때문이다.

"나 말이야, 니가 가지고 있다는 LP를 CD로 2천 장 가지고 있어. 그러면서도 이렇게 초라하게 여행 가방을 끌면서 지구를 돌고 있잖아?"

사실 나는 CD를 몇 장밖에 가지고 있지 않았지만 나를 대하는 그의 태도를 그냥 넘길 수가 없었다. 라미와 게르다가 맥주와 안주를 가지고 우리 사이로 밀치고 들어오지 않았으면 상황은 심각해졌을 것이다. 아침식사는 라미 집에서 하기로 하고 그날 밤은 게르다 집의 간이 군용침대에서 신세를 졌다.

라인강 하구에 자리잡은 항구, 외로포르트는 규모가 어마어마했다. 장장 30킬로미터에 걸쳐 펼쳐지는 세계 최대의 무역항. 마치 축제를 하는 것처럼 일요일 오전부터 사람들의 물결이 출렁였다.

크건 작건 요트는 하나의 예술품이다. 그 유려하게 생긴 모양이나 구석구석 빈틈없이 마감한 정교함을 보고 있노라면 감탄이 저절로 나온다. 그런 크고 작은 요트가 오색 깃발을 달고 길 바로 옆에 정박해 있었다. 아무나 올라가 구경을 해도 요트 주인은 상관하지 않았다. 오히려 요트의 구석구석을 안내해주는 사람도 있었다. 내가 요트의 아름다움에 완전히 넋이 나가 요트란 요트를 모조리 오르내리며 구경하고 있는데 쫑 특유의 시니컬한 농담이 날아들었다.

"한국에는 요트 같은 것도 없지?"

어젯밤의 연장이다. 너 같은 한국 촌놈의 코를 납작하게 해주겠다는 저의가 여실하다. 나는 그제서야 알게 되었다. 오지 말아야 할 곳에 왔다는 것을. 쫑은 내가 라미를 찾아 로테르담까지 온 것이 아주 못마땅했던 것이다. 그러나 이미 내 입에서는 그의 말을 받아 독설이 날아간 이후였다.

"요트는 없지만 쓸 만한 개는 많아. 사실 쫑이라는 니 이름 말이야, 한국에서는 개 이름이야. 특히 똥개에게 붙이는 이름이지."

나는 개를 부르듯 혀로 아랫입술을 끌끌 차며 그에게 손가락으로 오라는 시늉을 했다. 그의 눈에 불꽃이 튀었다. 나도 이미 각오를 하고 뱉은 말이다. 주먹질이 오갈 상황까지, 갈 때까지 간 것이다. 심상찮은 분위기를 읽은 라미와 게르다가 우리 둘을 떼어놓지 않았으면 어떻게 되었을까.

조금 떨어진 곳에서 쫑과 라미는 실랑이를 했다. 그리고 쫑은 라미의 손을 뿌리치고 혼자 돌아가버렸다. 라미는 내게 쫑을 이해해달라고 했다. 그리고 그게 쫑의 성격이니 개의치 말라고 했다. 나는 진정으로 라미에게 미안했다. 오지 말아야 할 곳에 와서 분란을 일으킨 것이다. 그녀에게 보이 프렌드가 생겼다는 사실을 나는 알지 못했다. 아니 설사 알았다고 해도 로테르담을 오지 않아야 할 이유는 없었다. 하지만 말레이시아의 작은 추억을 더듬어 로테르담에 오기까지 우리는 너무나 오랫동안 다른 시간을 살았던 것이다.

그날 밤 나는 로테르담을 떠났다.

바라나시에서 온 편지

영적인 빛으로 충만한 도시 바라나시의 새벽. 어두운 골목길을 따라 한참을 돌아 나온 갠지스는 차가운 안개 속에 인기척이 없다. 어둠에 익숙해지는 데 꽤 시간이 걸린다. 여기저기 밀가루 포대자루 속에는 알 수 없는 짐승들이 웅크리고 있다. 사람이다. 가트 근처의 빨래터와 계단에 수도 없이 많은 사람들이 짐승처럼 웅크리고 앉아 있다. 어머니의 강 갠지스가 잠에서 깨기를 기다리고 있는 것이다.

우리는 배에 몸을 실었다. 배는 아무것도 분간할 수 없는 안개 속 갠지스로 빨려 들어간다. 소년은 꽃잎 모양의 양초를 권하고 사람들은 불을 붙여 물에 띄운다. 작은 불꽃들이 안개 속으로 사라질 무렵 다른 배에서 띄운 불꽃들과 만나 일시에 자취를 감춘다. 짧은 불꽃의 생명, 갠지스의 느린 흐름, 그리고 우리의 생명.

배는 강 한가운데 있는 모래톱에 우리를 내려놓는다. 인도에 며칠만 살면 배설에 대한 체면치레는 없어진다. 새벽 추위 탓인지 남자건 여자건 배에서 내리자 모래 위 아무데서나 궁둥이를 까고 배설을 한다. 인도 사람이 배설한 곳에는 흔적이 없다. 그러나 우리가 배설을 하면 흔적을 남긴다. 이방인의 표식인 하얀 휴지.

배는 다시 가트 쪽으로 향한다. 안개 속에서 어슴푸레 건물의 윤곽이 드러난다. 연기가 피어나고 불꽃이 이는 곳은 틀림없는 화장터다. 세상 어디를 가나 사람 죽지 않는 곳이 있을까마는 바라나시의 주검은 특별하다. 무표정하게 시체를 태우는 사람들. 무표정하게 화장하는 장면을 구경하는 사람들. 관광객조차 자리를 뜨지 않고 타들어가는 시체의 시종을 지켜보고 있다.

화장터 주위에는 개들이 어슬렁거린다. 갠지스강과 가트. 어머니의 강과 화장터. 갠지스는 인도인의 영혼의 고향이다. 인도인은 갠지스강에서 태어나 갠지스강으로 돌아간다. 바라나시를 찾는 연간 백만을 넘는 순례자를 보아도 그렇고, 바라나시에서 죽는 것을 인생 최고의 목적으로 여기는 인도인이 많다는 것을 보아도 알 수 있다.

여전히 안개는 짙지만 여명 탓에 시계가 좋아진다. 강가에는 어느 틈에 셀 수도 없는 사람들이 나타나 어머니의 강에서 목욕을 한다.

갠지스에서 목욕을 하면 현세의 모든 업을 벗고 보다 나은 내세의 삶을 얻을 수 있다는데, 사람들이 강으로 들어

가는 모습이 마치 어머니의 양수 속으로 들어가는 듯 보인다. 그냥 강물에서 몸을 씻는 사람의 모습이 아니다. 모태 속으로 들어가 태초의 평안을 느끼는 표정이다. 사람 이전의 사람의 모습을 가지게 하는 갠지스의 위대한 힘. 강에 떠 있는 동안 우리는 누구 하나 말이 없었다.

일반 수돗물이나 식수는 밀폐된 용기에 넣어두면 10일을 전후하여 상한다고 한다. 그런데 신기하게도 거무죽죽해 보여 마치 구정물 같은 갠지스 강물은 밀폐된 용기에 10년을 두어도 썩지 않는단다.

갠지스 강가에서 목욕하는 사람들이 두 손을 모아 갠지스의 물을 떠서 마신다. 성수를 마시듯 황홀한 표정이다. 우리가 마시면 당장 배탈이 날 것 같은 물이 이들에게는 위대한 생명력을 가진 성수다.

한 톨 쌀알 크기의 눈송이가 히말라야의 정상, 면도칼처럼 날을 세운 꼭대기로 떨어지면 티베트 평원에 쌓이고,

남쪽으로 떨어지면 억겁의 세월을 거쳐 갠지스의 물방울이 되어 바라나시로 흐른다.

히말라야에서 갠지스까지 성수는 무엇을 보고 왔을까? 사람이 수없이 나고 죽는 동안 히말라야의 백설은 아직도 그 자리에 있다. 지금 그들이 마시는 바라나시의 성수는 역사 이전의 시간에 지구의 정수리 히말라야에서 녹아 내린 눈일 것이다. 바라나시의 갠지스 강가에 서면 모두가 숙연해지는 까닭이 여기에 있는지도 모른다.

메마른 대지를 적시며 인도인의 영혼의 젖줄이 되어 흐르는 강가로 올라오면 아이고 늙은이고 할 것 없이 어디서 나타나는지 적선을 구한다. 바라나시에서 아니 인도 어디서든 그대에게 적선의 손을 내미는 사람을 만나면 흔쾌히 나누라. 받는 그들은 당신의 적선에 아무런 인사도 없이 돌아서 갈 것이다. 나누어 건네준 당신도 아무 일 없는 듯 돌아서라. 세상에 적선은 없으며 다만 보시만 있을 뿐. 이

것이 인도를 사는 법이고 보는 법이고 느끼는 법이다.

영적인 빛으로 충만한 도시의 골목길에는 차가운 아침 공기를 이기기 위해 짜이를 마시는 사람들이 있다. 홍차와 우유와 생강을 섞어 만든 인도 특유의 차다. 인도를 여행한 사람이라면 한번쯤 마셔보았을 텐데, 홍차를 사서 한국에 가져와 우유와 생강을 섞어 짜이를 만들어 마셔봐야 인도 짜이의 맛은 나지 않는다. 신기한 일이다. 차 한잔도 맛으로만 그 맛이 재현되는 것이 아니다. 차도 풍토와 기후에 어우러져 마셔야 제맛이 난다. 짜이 한잔을 얻어 마시고 사람과 사람 사이를 빠져나와 이제는 문명세상으로 돌아올 차례다.

인도를 여행한 일본 작가 후지와라 신야는 "인도 여행을 위해 문명세계에서 가져갈 만한 물건은 칫솔 하나밖에 없다"라고 한 적이 있다. 틀린 말이다. 인도에 가려거든 아무것도 가져가지 마라. 동물 중에 주머니가 주렁주렁 달린

옷을 챙기는 것은 사람밖에 없다. 문명의 것을 아무것도 지니지 않을 때, 문화의 주머니가 없을 때, 그리고 그것으로 여행이 충분히 가능할 때, 당신은 아무것도 걸치지 않고 갠지스강에 몸을 맡기게 될 것이다.

김용사

그해 여름, 도라지꽃 피는 산길을 따라 김용사를 올랐다. 사람이 사는 것이 무엇인지 물어도 아무도 답을 주지 않던 시절. 한때 성철 스님이 주지로 있었다는 이유 하나만으로 김용사를 찾았던 것이다.

객을 맞는 주지스님은 여유로웠다. 나를 방으로 불러 시원한 녹차를 권했다. 여름날을 노래하는 매미들의 합창소리가 승방에 걸려 있는 대발을 가끔 흔들고 있다. 찻잔을 사이에 두고 주지스님은 자신이 중이 된 사연을 들려주었다.

"벌써 40년도 넘었제. 40년이 뭐꼬. 우쨌던 봄 소풍인지 가을 소풍인지. 아무튼 김용사로 소풍을 온 거야. 여기 사진도 있어. 이기 그때 찍은 기념사진이야. 이기 나야. 머리통이 잘 생겼다아이가."

스님은 손바닥 반민 한 색 바랜 흑백사진을 꺼내와서는 자신의 어린 모습을 직접 확인시켰다.

"근데 말야, 그날 한 스님이 나를 척 보더니 하시는 말씸이 '니 아부지 법당에 있다'이라는 기라. 내야 유복자로 컸으니 당연히 아부지가 읎지. 우리 아부지 읎소 이랬거든. 그카이 그 스님 또 하시는 말씸이 '저 법당에 계신 부처님이 니 아부지라'이라는 기라."

자지러지듯 울어대는 매미소리가 싱그러운 오후, 스님은 큰 부채를 휘휘 흔들어 바람을 일으키며 말끝을 놓지 않았다.

"내가 만 사람의 아부지가 뭔지나 알았겠나. 스님이 내 아부지 있다카이 얼른 법당으로 가본 기지. 그때 스님이 따라들어옴시러 부처님을 갈치며 '저분이 니 아부지다'이 카는 기라. 내가 을매나 설움에 북받치든지 그 자리에 털 썩 주저앉아 엉엉 울었제. 태어나서 한번도 불러보지 못한 아부지를 그날 한도 원도 없이 목을 놓아 불렀네. 선생이 와서 달래 스님이 와서 달래도 집에 갈 생각을 않고 울더 라는 기야. 결국 저녁 해가 다 지고 사방이 캄캄하도록 법 당에서 울었다는 기야. 인연이 될라꼬 그랬는지, 여가 내 집인 줄 알았는지 결국 그날 밤 그 스님 등에 업혀 잠이 들 었제. 참 크고 넉넉한 등짝이었제."

그렇게 인연이 되어 지금은 김용사 주지를 하고 있다면 서 호방하게 웃는 주지스님의 배웅을 뒤로하고 김용사를 나섰다. 산은 푸르고 물소리는 곱다. 호젓한 여름날의 산 길을 혼자 내려오는데 사방이 아이의 울음소리다. 매미가

운다. 갈수록 커지는 매미소리는 그 아비 없는 어린 사내 아이의 서러운 통곡이 되어 산을 다 내려오도록 온 가슴을 다 헤집어놓는다. 부처님을 보고 아버지라고 부르며 오열하는 나이 어린 유복자의 슬픔을 어디 매미 울음소리에 비유할까.

그 어린아이에게 아비지는 무엇인가. 천지간에 사는 것만으로 서러운 존재에게 불변하는 아버지는 과연 무엇인가.

여름날, 쏟아지는 뙤약볕을 다 맞으며 절대불변의 아버지를 찾아 올라온 김용사를 나는 다시 빈손으로 내려가고 있었다.

창이 흐른다

밤이 되면
나무들이 커진다

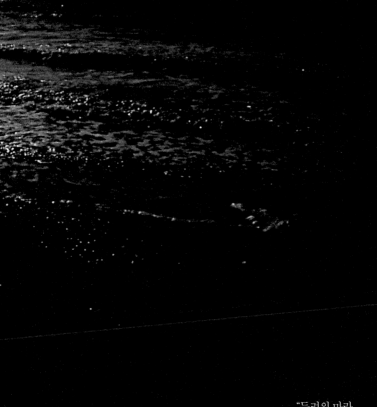

"두려워 마라
뒤돌아보지 마라
너는 지금 사랑의 나라로 가고 있단다."
인디언은 자식이 죽으면
이렇게 말한다

거짓말이다
너는 지금
다시 올 수 없는 나라로 가고 있다

불빛에게 물었다
"거기가 끝이냐?"

불빛이 답했다
"여기가 시작이다."

"마쳤습니다."

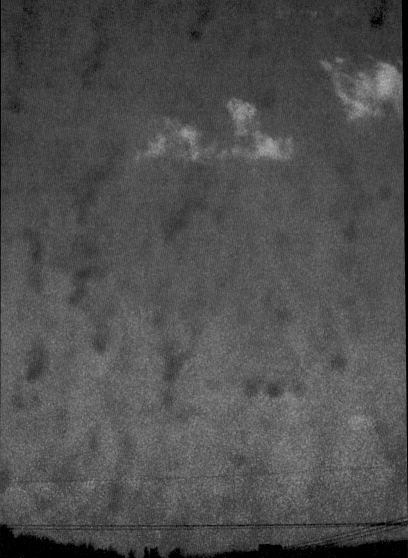

깜빡임은
시린 눈을 뜨기 위함이다

죽음

삼촌

삼촌이 죽었다.

나보다 겨우 네 살 많은 삼촌. 무슨 환장할 업보를 타고 났던지 평생을 춤추듯 온몸을 흔들며 산 절름발이 육신을 남기고 홀연히 떠났다. 그렇게 먹지 말라는 소주를 밥 삼아 안주 삼아 먹더니. 황달에 걸려 죽을 고생을 할 때도, 간염에 걸려 사경을 헤맬 때도 손에서 뗄 줄을 몰랐던 소주병. 다 놓아두고 가버렸다. 살아온 인생 겨우 마흔하나에.

"니 삼촌이 죽었어."

아버지께서 주신 짧은 전화에 삼촌 시신을 염하러 들어
갔다. 병원 시체 보관실에서 꺼낸 시신의 피부는 노란색이
었다. 이전에 본 적이 없는 노란색. 죽은 자의 빛깔. 아무
말도 하고 싶지 않다는 듯이 꽉 다문 입. 그래, 아무 말도
하고 싶지 않을 거야. 나는 알지. 삼촌의 죽음을. 그렇게
죽을 수밖에 없었던 이유를.

함께 염하는 사람들이 삼촌의 구부러진 오른쪽 다리를
펴려고 했다. 펴지지 않는다. 승복을 입은 두 사내가 나를
보았다. 나는 고개를 저었다. 펴지지 않는다. 본래가 그런
육신이다.

죽은 자의 육신에 난 구멍이라는 구멍은 비밀이라도 새
어 나올까봐 밀봉을 해버렸다. 말도 할 수 없고, 들을 수도
없고, 냄새도 맡을 수 없고, 볼 수도 없고, 느낄 수도 없게
틀어막아 버렸다. 몸을 닦아내고 홑겹 무명옷을 입혔다.

그리고 나는 머리쪽을 혼자 들고 두 스님은 다리쪽을 들어 관에 넣었다. 주검과 관 사이 빈 공간에는 둘둘 말린 휴지를 꼭꼭 채워 넣었다.

넌 움직이면 안 돼, 움직일 수 없는 것이 너야, 하라는 대로 해, 이렇게 강요했다. 삼촌의 육신은 우리가 하는 대로 다 받아들였다. 좋아. 이제야 너희들 것이다. 만대로 다 뤄봐. 난 움직이지 않을 테니까.

염을 마치고 나온 나에게 아버지는 아무 말씀도 하지 않으셨다. 말하고 싶었다.

"아버지, 삼촌은 자살한 겁니다."

삼촌의 죽음을 전해 듣고 가슴속 깊은 곳에서 내가 처음 내뱉은 말이었다. 얼음보다 차가운 분노로.

삼촌이 충청도 두메산골에서 부산으로 온 것은 국민학교 4학년 무렵이었다. 겨우 국민학교만 졸업하고 그렇게 가고 싶어하던 중학교도 못 갔다.

중학교 대신 여름이면 내가 다니던 국민학교 교문 앞에서 나무로 만든 파란 아이스케키통에 걸터앉아 아이들과 가위바위보를 하면서 아이스케키를 팔았다. 겨울에는 영어책 대신 집 앞 사거리 한 모퉁이에서 붕어빵 빵틀 열기로 허벅지가 시푸르죽죽하게 열멍이 다 들도록 빵틀을 돌렸다.

삼촌은 그렇게 살았다. 그리고 나와 함께 살았고, 우리 가족과 함께 살았다. 사업도 해보고 결혼도 했다.

이제 지상에 남긴 것이라고는 절름발이 육신과 신기 든 아내, 어린 아들 하나 딸 하나. 그리고 아무것도 없다.

그렇게 열심히 나가던 교회도 어느 날 딱 끊고, 소주병에 신앙을 심었다. 그리고 조금씩 조금씩 자신을 죽였다. 완벽하고 치밀하게, 아무도 모르게.

내 나이 마흔넷. 가끔 홀로 된 시간이면, 아무도 몰래 혼자 술잔을 기울인다. 삼촌의 자살을 함께 꿈꾸며.

참새

유달리 추운 날 아침, 출근하러 나가시던 아버지가 갑자기 문을 두드리며 나를 부르셨다. 두 손으로 검고 작은 물체를 소중히 감싸 안은 채. 참새였다.

"이놈이 추위에 얼었나봐. 홍희야 니가 잘 살려서 날려보내라."

아버지는 나의 작은 손에 참새를 맡기고는 횅하니 언덕길을 내려가셨다.

나무로 아무렇게나 깎아 만든 동그란 재봉틀 의자 둘레에 망사를 씌웠다. 간장종지에 물도 담아 넣어주었다. 쌀뒤주를 뒤져 보리쌀도 한 움큼 챙겼다. 참새집이 생겼다.

고이 참새를 밀어넣고 물을 마시라고 보리쌀을 먹으라고 구슬려도 꼼짝하지 않았다.

얼마나 시간이 지났을까. 참새는 조금씩 움직이는 것 같았다. 힘없이 가끔 눈을 깜박이는 참새의 눈은 나의 눈과는 달랐다. 눈꺼풀 속에 또 다른 눈꺼풀이 있는지, 눈을 감았다 떴다 할 때는 희끄무레한 덧꺼풀 같은 것이 보였다. 게슴츠레 실눈을 뜨는 참새의 눈이란⋯⋯. 우리는 눈이 마주쳤다. 도대체 지금까지 느껴보지 못한 신기한 생명의 공명, 이면 짙은 동질감, 그때 그런 것을 느꼈다.

사실 아버지가 주고 가신 참새의 죽음과 삶을 나는 알지 못했다. 다만 작은 참새 한 마리가 내 품에 있었을 뿐, 살아 있다는 것과 죽었다는 것의 차이를 이해할 만한 나이도 아니었다. 참새가 좋아할 것 같은 보리쌀과 물을 내놓은 것이 내가 할 수 있는 최선이었다. 어쩌면 아버지가 바삐 출근을 하시면서 그런 것을 먹으니 주라고 했는지도 모른다. 그것에 대해서는 기억이 잘 나지 않는다.

조금씩 움직이는 것 같던 참새는 어느새 잠이 들었다. 나는 참새를 깨우지 않았다. 깨우지 않고 두는 것이 옳다고 생각했다. 그렇게 긴 시간이 흐르고 밤이 되고 아버지가 오셨다.

"참새 아직 살아 있니?"

"지금 자고 있어요."

아버지는 망사를 걷고 살며시 참새를 꺼냈다. 그러고는 대뜸 말씀하셨다.

"죽었다. 죽었구나."

나는 어떻게 반응해야 할지 몰랐다. 그냥 물끄러미 아버지를 바라보았다. 아버지는 나의 눈을 피했다. 그러고는 참새를 들고 어두운 밖으로 나가셨다. 얼마 후 돌아오셨지만 들고 나간 참새는 보이지 않았다. 나는 아버지에게 참새를 어떻게 했는지 물어보지 않았다. 그리고 오랜 세월이 흘렀다.

나는 그 참새를 떠올리곤 한다. 가까운 친구가 죽고 친척이 죽고 주위 사람들이 하나둘 사라질 때, 그 겨울날 내집 아랫목에서 혼자 잠자듯이 죽어간 참새가 불현듯 생각이 나는 것이다.

죽음에 어떻게 반응해야 하는지 몰랐던 시절, 참새가 죽었다. 그때 내가 느낀 것은 아마 이런 것이었을 것이다. 죽음이라고 하는 것은 와자지껄한 잔치처럼 오는 것이 아니라는 것. 그저 조용하게 잠자듯이 오는 것이라는 것. 살아있는 줄 알고 있었는데 어느새 죽어 있더라는 것.

나는 가끔 그때의 아버지를 떠올리며 깊은 상념에 잠긴다. 아버지는 왜 내게 참새의 죽음을 목격시켰을까. 아니면 참새가 살아날 것이라는 확신이 있어 아들에게 생명을 구하는 희열을 느끼게 해주고 싶었을까. 왜 죽음에 아무런 준비도 없는 아이에게 슬프지도 덧없지도 않은 갑작스런 참새의 죽음을 접하게 하셨을까. 잠자는 줄 알았는데. 아버지의 말씀이 없었으면 나는 참새의 죽음을 내내 깨닫지 못했을지도 모른다.

아버지는 그렇게 내게 첫 죽음을 가르치셨다.

거짓말

달 없는 밤, 바람이 차다. 어머니는 다섯 살 어린 아들의 손목을 잡고 겨울 언덕을 넘어간다. 머리에는 하얗게 가래떡을 이셨다. 하늘은 온통 반짝이는 별로 쏟아진다.

타박타박 어머니의 손을 잡고 걷던 아이가 갑자기 멈춰서서 하늘을 가리킨다.

"엄마, 저기 별이 움직여요."

어머니는 슬쩍 하늘을 치켜 보고는 말씀하신다.

"그건 별이 아니고, 비행기다."

아이는 비행기란 움직이는 별이고, 참 작은 것이구나 하고 생각했다.

설 명절, 아버지를 따라 고향을 다녀오는 아이를 태운 야간 열차는 비행장 옆을 지난다. 아버지는 아이에게 비행장에 대해 설명한다.

"여기가 비행기 집이다. 비행기가 앉고 뜨고 하는 곳이다."

아이는 활주로에 일정하게 빛나는 유도등을 비행기라고 생각했다.

"비행기가 잠을 자네. 하늘에 떠 있는 비행기처럼 작네."

아이는 세상의 크기가 참 궁금했다.

"우리는 큰 별에 산다. 우리나라가 낮이면 미국이라는 나라는 밤이다. 그리고 미국에 사는 미국 사람은 우리나라 사람하고 말도 다르다."

어머니의 말을 들은 아이는 다음날 아침 사라졌다. 아침 밥숟가락을 놓기가 무섭게 혼자서 십 리나 떨어진 미국까지 걸어갔다. 아이는 미국 사람이 산다는 미국이 어딘지 알고 있었다. 미군부대. 어른들은 그곳을 하야리야 부대라고 불렀다.

아침부터 아이는 하야리야 부대의 후문에 혼자 쪼그리고 앉았다. 금발머리에 새빨간 원피스, 깜장 높은 구두를 신은 미국 여자가 코쟁이 헌병과 깔깔거리며 웃는 소리는 우리나라 사람과 하나도 다르지 않았다. 아이는 놀랐고 의심했다.

미국 여자는 아이를 힐끗 보더니 생긋 웃었다. 그러더니 핸드백에서 뭔가를 꺼내 들고 아이에게 흔들어 보였다. 아이는 가슴이 콩당콩당 터질 것 같았다. 쪼그리고 앉아 머리를 무릎 사이로 처박은 채 애꿎은 손가락으로 땅만 후벼

팠다. 여자는 어깨를 살짝 들썩이더니 다시 헌병에게 돌아서 깔깔거렸다. 그러고는 이내 미국으로 사라졌다. 헌병은 사라지는 미국 여자의 뒷모습을 좇다가 힐끗 아이를 보았다.

점심 시간이 훨씬 넘었다. 아이는 굶었다. 아까 그 미국 여자가 가방에서 꺼내 흔든 것이 무엇인지 아이는 안다. 그것은 '기브 미 껌'이거나 아니면 '기브 미 초코렛'이다. 크리스마스 때 철망 너머 미국 아이들이 '기브 미 껌'이나 '기브 미 초코렛'을 한국 아이들에게 돌팔매하듯이 던진다. 아이들이 들고 와 자랑하는 것을 본 적이 있다.

날이 어두워진다. 아까 그 헌병이 임무 교대를 하면서 아이에게 다가왔다. 손가락으로 가라는 시늉을 한다. 고릴라 같은 거구에 작은 얼굴 그리고 느글거리는 눈빛. 아이는 덜컥 겁이 났다. 오금 저린 다리로 기다시피 달아났다.

한참을 와서 돌아보아도 여전히 미국은 우리나라와 똑

같이 어두워지고 있었다.

　얼굴은 숯검정. 밤길이 무서워 울면서 돌아간 집. 기다
리는 것은 노한 어머니의 고함소리와 사정없는 매질이었
다. 배고프고 무서운 것 다 잊고 아이는 매를 피해 팔딱팔
딱 뛰며 바락바락 소리를 질렀다.

　"엄마 거짓말쟁이. 엄마 거짓말쟁이."

통표

어린 시절 보았던 통표를 압록역에서 보았다.

상행열차가 올라가야 하행열차가 내려올 수 있던 단선 시절. 아버지를 따라 고향 충청도로 가던 열차에서 한없이 뒤로만 달리던 전신주가 신기했다. 세상에 달리는 것은 앞으로만 달리지, 뒤로 달리는 것은 본 적이 없던 그런 시절이 있었다.

전신주가 뒤로 달리는 것이 아니라는 것을 알게 되었을

때부터 아버지는 고향에 가지 않으셨다. 사랑하는 사람들이 하나둘 도회로 떠나 반길 이가 없어서였는지 아니면 가난한 충청도 촌부의 아들로서 도회 생활에 지치기 시작한 것인지.

얼마 전 아버지가 조용한 곳을 찾아 내 집 옆으로 이사를 왔다. 어머니와 단둘이 살림을 하는 집이라고는 하지만 나는 아버지의 이삿짐을 보고 놀랐다. 우리를 키우면서 가지고 있던 많은 짐을 아주 단촐하게 줄이신 것이다.

거실이며 방을 보아도 간단한 옷가지와 덮고 주무실 이불 정도가 전부였다. 그 많던 책이랑 서류를 다 버리신 것이다. 어머니의 세간살림 역시 동네 사람들에게 다 나누어 주고 말 그대로 수저 한 벌과 밥솥 하나의 살림으로 이사를 온 것이다.

아들과 딸을 키우는 나는 짐이 많다. 여러 번 이사를 해 본 사람은 알 것이다. 사람이 가지고 있는 물건으로 지금

쓰고 있는 것과 앞으로 쓸 것, 그리고 언제인지는 모르지만 쓰일 것이라고 재어둔 것이 집 안에 빼곡히 자리 잡고 있다는 것을. 평생을 쓰고도 남을 물건이 사람이 써야 할 자리를 차지하고 있는 것이다. 풍요가 가져다 준 공간의 빈곤이다.

아버지는 이미 모든 것을 내게 주었다. 더 이상 줄 것도 없다. 그런 아버지의 집은 넉넉하다. 그리고 경건한 허허로움이 있다. 아무런 욕망이 없는 빈 공간이 거기에 있다.

아버지는 나에게 통표를 건네셨다.

아버지와 아들은 복선이 될 수도 없고 전동화 될 수도 없다. 말 그대로 단선이자 수동선이다. 아직 건강하고 열정도 있으신데 일거리가 없는 아버지. 회사에서 퇴직을 하고도 다시 촉탁으로 여러 해를 근무하셨지만 이제는 불러주는 곳조차 없는 흰머리 노인.

강 안개를 가르며 쏜살같이 압록역을 내지르는 기관사

는 노련한 손놀림으로 통표를 낚아챈다. 첫새벽을 깨우는 새벽 열차는 굽이치는 섬진강을 따라 돌며 꾸역꾸역 기적을 울리고.

통표는 모가지가 빠지도록 채였다가는 돌아오는 열차에서 춤추듯 패르르 돌며 통표걸이에 목을 건다. 통표란 길 떠날 때 반드시 가져가야 하고 돌아와서는 또 반드시 되걸어두어야 하는 단선수동(單線手動)역에서나 볼 수 있는 운행허가증.

압록역에 가면 통표를 건네준 빈손으로 열차마다 손 흔드는 등 굽은 노인의 뒷모습이 보이고, 젊은 날 길 떠난 아비는 어느새 백발로 돌아와 먼 길 가는 아들에게 또다시 통표를 건네준다. 통표를 거머쥔 아들은 또 다시 아비의 길을 떠나고…….

내가 돌아올 시간이면 장롱 속에 숨었다 장롱 문을 왈칵 열며 아빠가 놀라기를 바라는 여덟 살짜리 아들에게 내 아버지의 통표를 언제나 건네줄 수 있을지.

보증인

내일이면 비자가 끊긴다. 보증인이 없으면 일본을 떠나야 한다. 일본에 온 지 6개월. 아무리 날 좋아하고 신뢰하는 일본어 선생이라 하더라도 규정상 보증인이 될 수가 없다. 아무리 고민을 해도 날 보증해줄 만한 사람이 떠오르지 않는다. 학교와 아르바이트를 오간 시절. 사람 하나 제대로 사귈 시간이 있었는가.

밤 10시가 넘어 고이즈미 씨에게 전화를 했다. 딱 한 번

본 사람. 머리가 시원하게 벗겨지고 웃는 모습이 유달리 소년 같던 오십 대 아저씨. 내가 아는 것이라곤 대기업에 근무하다 지금은 선물거래에 대한 경제 서적을 쓰는 이혼한 플루티스트 정도였다. 노부코 씨의 꽁치 파티에서 소개받은 사람이다.

밤 11시가 넘어 이케부쿠로 커피숍에서 마주앉았다. 고이즈미 시는 보증인으로서 필요한 서류와 나에게 어떤 일이 있든지 모든 책임을 지겠다는 잉크가 채 마르지 않은 자필 편지와 자신의 화려한 프로필, 그리고 자신이 출판한 책들을 들고 나왔다.

"이래도 만약 내일 비자 연기가 안 되면 나와 직접 통화하게 해주게. 내가 직접 가겠네."

일본에 머무른 7년 동안 고이즈미 씨는 줄곧 나의 보증인이었다.

"프랑스 요리를 모르면 신사라고 할 수가 없지."

그러면서 프랑스 요리를 잘하는 근사한 레스토랑으로 가끔 나를 불렀다. 고이즈미 씨는 입담이 참 좋은 분이었다. 좌중을 매료시키는 진솔한 성품과 거침없는 말솜씨로 언제나 화제를 이끌었다. 양식당에서의 매너와 와인 상식도 잊지 않고 가르쳤다.

"젊은 날 어디에 살았는가 하는 것은 긴 인생 여정에서 참으로 중요한 경험으로 작용할 걸세. 일본에 대해 좋은 인상을 많이 가지기를 바라네."

내가 한국으로 돌아올 때쯤 고이즈미 씨가 말했다.

"요즘은 말이야, 왠지 자연이 아름답다는 것을 느껴. 참 알 수 없는 노릇이지. 그렇게 무심하게 보던 것들이 이렇게 아름답다는 것을 이제 겨우 보게 된 거야. 오십이 넘은 이 나이에 말이야."

그리고 얼마 후 나는 한국으로 돌아왔다. 가끔 안부 전화를 했다. 건강하고 밝은 특유의 목소리로 환대를 했다.

딸이 스페인으로 유학을 간 이야기며 내가 아는 동료의 안부는 고이즈미 씨를 통해 들었다.

한국에 돌아온 지 11년. 가끔 하던 전화도 횟수가 줄었다. 어쩌다 가는 동경이지만 만나지 못하고 오는 경우도 있었다. 그리고 지난 여름 일본에 갔다. 깜짝 놀라게 해줄 심산으로 전화도 하지 않고 간 것이다. 선물할 것이라고는 아무것도 없는 저를 보증해주신 덕으로 한국에서 이렇게 잘 살고 있습니다. 제 가족은 이러하며 제가 낸 책은 이런 것들입니다라는 소박한 선물을 들고.

아무리 전화를 해도 받지 않는다. 결국 노부코 씨에게 전화를 했다.

"고이즈미 씨 며칠 전에 돌아가셨어요."

나는 가지고 간 가족사진과 책을 노부코 씨에게 맡겼다.

"고이즈미 상 기토 요로코부요, 기토(고이즈미 씨가 정말 즐거워할 거예요, 정말요)!"

돌이켜 기억을 더듬어 보면 홀로 된 노부코 씨와 고이즈 미 씨는 서로 흠모하는 사이였다. 결국 결합은 하지 못했 지만.

그날 밤 내가 살던 네리마의 옛집이 불현듯 보고 싶어 졌다.

시간을 병 속에

1973년 9월 20일. 짐 크로스가 루이지애나 주립대학에서 공연을 마치고 텍사스로 가던 중 그를 태운 비행기가 추락했다. 짙은 눈썹과 콧수염의 그는 사랑의 시간을 병 속에 넣어두고자 했지만 〈Time in a Bottel〉이라는 노래만을 남기고 가을 하늘의 접시꽃처럼 지고 말았다.

내가 살던 집이 보고 싶었다. 이케부쿠로에서 전철을 갈아탔다.

'네리마, 네리마입니다'라는 방송을 듣고 내린 곳은 내가 이전에 살던 네리마 역이 아니었다. 시골역 같았던 곳이 초현대식 2층 역사로 바뀌어 동서남북을 가늠할 수가 없었다. 짐작으로 역사의 남구(南口)를 빠져나오기는 했으나 어디로 가야 할지, 길 잃은 사람처럼 두리번거렸다.

언제라도 오면 금방 길을 알 수 있을 것 같았는데. 시간은 모든 것을 한꺼번에 바꾸어 버리는지 아니면 내가 너무 오랫동안 네리마의 시간을 잊고 살았는지.

역사를 빠져나오자 젊은 여자가 역사 한 모퉁이에서 퇴근하는 사람들을 상대로 김치를 팔고 있었다.

"한국인이세요?"

"네."

"역사가 언제 바뀌었죠?"

"제가 올 때부터 이랬어요."

"언제 오셨는데요?"

"여러 해 되었습니다."

여러 해가 되었지만 올 때부터 이랬다는 데야 더 이상 물어볼 수가 없었다. 김치는 잘 팔리느냐 물었더니 아르바이트로서는 괜찮다고 했다. 집에서 자기 손으로 직접 담가 팔러 나오는데 수입이 쏠쏠하다는 이야기다.

우선 내가 아르바이트를 하던 사우나부터 찾아보았다. 골목길을 들어서서 여러 번 같은 길을 돌아다녔지만 내가 일했던 사우나 자리에는 새 건물이 서 있었다. 확신이 서지 않았다.

주변을 기웃거리고 있는데, 새 건물 모퉁이 작은 술집에서 머리가 벗겨진 한 중년 사내가 나왔다. 사내에게 물었다. 이전에 여기 사우나가 있던 자리가 아니냐고. 중년의 사내는 그 오래전 이야기를 어떻게 아느냐는 듯이 눈을 반짝이며 그렇다고 했다. 그의 반짝이는 눈은 내게 되묻는 듯했다. 나는 혼잣말처럼 그에게 들릴 듯 말 듯 답했다.

"예전에 내가 아르바이트를 했던 곳이라서 한번 찾아와 봤습니다."

나보다 나이가 더 들어 보이는 남자는 중년의 기억을 좇아 먼 길을 온 이유를 알겠다는 듯이 머리를 끄덕이며 이내 화장실로 들어가버렸다.

1년을 넘게 왔다갔다했던 길을 더듬어 살던 집을 찾았다. 길은 예전 그대로였지만 새 건물이 들어서서인지 살던 집을 찾을 수가 없었다. 이 근처일 거라는 확신이 드는 곳조차도 찾지 못했다.

다시 사우나가 있던 자리로 돌아와서 기억을 더듬어 살던 집을 찾아나서기를 수도 없이 반복했지만 밤 12시가 넘도록 집을 찾을 수가 없었다.

알 수 없는 슬픔과 허탈감, 탈진한 육신으로 길모퉁이 술집 앞에 쪼그리고 앉아 있었다.

아까 그 중년 남자가 술집 문을 열고 다시 나왔다. 여전히 화장실로 바쁘게 들어섰다. 잠깐 열린 문 사이로 보이는 술집 마담의 교태, 호기로운 사내들의 목청이 닫히는 문 사이로 이내 사라졌다. 사내는 화장실에서 나오다 한손으로 문고리를 잡은 채 쪼그리고 앉아 있는 나를 힐끗 보았다.

"아직도 못 찾았소?"

"네."

"여기도 많이 변했으니까……. 언제 살았소?"

"18년 전."

사내는 술집으로 들어가지 않고 말없이 내 옆에 쪼그리고 앉았다. 우리는 그렇게 말없이 앉아 있었다. 한참을 앉아 있던 사내는 내 손을 덥석 잡더니, "한잔 합시다" 하며 술집으로 끌고 들어갔다.

어두운 조명 아래 사내들이 서넛, 기모노 차림의 중년의 마마(일본에서는 술집 여주인을 흔히 '마마'라고 부른다)

가 한 사람. 사내는 동료들에게 나를 여기에 데리고 들어

온 이유를 바쁘게 설명했다.

　술잔이 오가고 통성명이 될 즈음 마마는 노래를 틀었다.

사내들도 마마도 그리고 나도 숙연히 그 노래를 들었다.

시간을 병 속에 넣어둘 수 있다면
제가 가장 하고 싶은 일은
당신과 보낸 시간을 병 속에 채워두는 일입니다.

시간을 영원하게 할 수 있다면
하루하루를 보석처럼 병 속에 담아
당신과 함께 나누겠습니다.

소원의 상자가 있다면
내 꿈이 이루어지지 않는다 한들
당신으로 말미암은 기억 이외에
무엇으로 그 상자를 채울 수 있겠습니까.

그러나 세월은 충분치 않고
하고 싶은 일을 다 할 수도 없으니
사랑이여,
이 아름다운 시간을 오직
당신과 함께 보내고자 합니다.

짐 크로스 〈Time in a Bottle〉

벚꽃

'방랑'을 쓰는 동안 동경에서 짧은 메일이 한 통 날아들었다.

> 사랑하는 벗이여,
> 슬픈 소식을 알려야겠네.
> 오늘 아침 세키 요시히코 군이
> 돌아올 수 없는 길을 떠났다네.
> 가르만으로 가는 길,
> 버스가 뒤집혔다는데…….

지금 동경에는 벚꽃이 만개했지만
우리는 너무도 슬프다네.
다시 보세.

　　　　　　오나카와 나라하시로부터

오늘 작업실로 올라오는 산길은 예년보다 일찍 핀 벚꽃으로 가슴이 다 저미었다. 나는 벚꽃의 몽우리가 영글기 시작하면 비 내릴 걱정부터 먼저 한다. 벚꽃이 최고의 절정에 달할 무렵 비바람은 어지없이 찾아와 꽃들을 길바닥으로 흐드러지게 내모는 것을 보았다.

벚꽃이 피면 비가 내린다. 차라리 이런 사실을 몰랐다면 하지 않아도 될 걱정인데 아침부터 비 걱정을 하며 언덕을 올라왔다.

그런데 오늘따라 계절에 맞지 않게 함박눈이 내렸다. 벚꽃이 채 다 피기도 전에, 벚꽃인지 함박눈인지 작업실로 오는 길이 한없이 아름다웠다.

그런 날 친구의 부고가 날아든 것이다.

겨우 서른의 나이에. 리투아니아에서 독일로 가던 버스에 단 한 사람의 일본인이 타고 있었고 전복사고로 사망했는데, 그가 바로 세키 요시히코 군이었던 것이다. 확인을 위해 동경으로 전화를 했다.

더더욱 가슴을 미어지게 만드는 것은 그가 리투아니아에서 보낸 엽서가 오늘 아침에 오나카와 나라하시에게 도착했다는 것이었다. 말을 전하는 나라하시도 전해듣는 나도 울었다.

그의 죽음이 통렬하게 다가온 것은 그 엽서 한 장에서부터였다. 그리고 그의 죽음에 대한 우리의 슬픔도 그 엽서 한 장으로부터 시작했다. 그의 죽음보다 그가 보낸 엽서가 우리를 울리고 만 것이다.

한국에 있는 세키 군을 아는 친구들에게 나의 몫으로 그의 부고를 알렸다.

'이렇게 아름답게 벚꽃이 핀 날 친구의 죽음을 알리게
되어 더없이 슬픕니다. 채 꽃을 피우기도 전에 눈비에 맞
아 떨어져버린 벚꽃처럼 가버린 친구의 부고가 한없이 서
럽습니다. 함께 명복을 빌어주시기 바랍니다.'

　이런 메일을 보내고 난 후 오후에 다시 메일이 한 통 날
아들었다.

　　세키 군의 슬픈 소식에 가슴이 다 찢어집니다.
　　뭐라고 위로의 말씀을 드릴 수가 없습니다.
　　그러나 내년부터는 벚꽃이 피면 비가 오겠구나 하는
　　생각보다
　　먼 길 떠난 친구를 먼저 생각하세요.
　　그러면 벚꽃과 함께 매년 봄이면
　　그 친구가 살아 돌아오는 것이잖아요.
　　전 하늘나라로 갔다고 해서 사람들에게 잊혀지는 것이
　　더 슬픈 일이라고 생각해요.

작업실 가는 길, 봄이면 어김없이 벚꽃이 핀다. 내년 봄에도 벚꽃이 필 것이다. 세키 요시히코 군과 함께.

합창

7년 여행에서 아들이 돌아왔다.

어머니는 아들의 손을 잡고 교회에 가셨다. 길을 떠나 방랑을 마치고 돌아온 아들에게 가난한 어머니가 주고 싶었던 것은 하나님의 은총.

사람들 사이로 아들의 손을 꼭 쥐고 들어선 어머니의 손은 따듯했다. 얼굴은 슬픔을 넘어 환희로 밝았다. 어머니와 아들은 나란히 앉았다. 예배는 시작되고 사람들이 합창을 한다. 젊은이와 늙은이, 남자와 여자, 어린아이까지.

사람들은 지극히 높으신 곳에 계신 분에게 경외의 찬송을 부른다. 그러나 아들은 찬송을 부를 수가 없다. 사람들의 찬송소리가 커지면 커질수록 아들의 몸은 사약을 마신 자처럼 앞으로 꼬꾸라진다. 옆에 계신 어머니가 아실까봐 어금니를 다물고, 자세를 흩트릴 수가 없다. 어머니가 옆에 계신다. 아들이 울고 있다.

진실로 울어본 자들은 알 것이다. 운다는 것이 얼마나 사람의 영혼을 맑게 하는 일인지. 더구나 그 울음을 혼자 우는 자는 또 얼마나 순수해지는지. 예수님의 말씀처럼 거듭나기를 원하지 않더라도 애통해하는 자는 얼마나 큰 상을 그 위엄으로 받는가.

사랑하는 이를 위해 우는 것도 아니고 지극히 경외로운 이를 위해 우는 것도 아닌, 그렇다고 자신을 위해 우는 울음은 더더욱 아닌, 다만 우는 것. 그런 울음을 터지게 하는 것은 나에게는 사람들의 합창이다. 그것도 지극히 높으신 경외로운 이에게 바치는 찬송이 나를 울린다.

언젠가 대한항공 기내지 〈모닝컴〉의 의뢰로 '범어사 가는 길'이라는 취재를 한 적이 있다. 대웅전에서 부처님께 절하는 어머니들의 뒷모습을 사진에 담으며 나는 울었다. 알겠지만 프로는 카메라를 들고 울지 않는다. 그러나 나는 울었다. 법당 뒤로 돌아가서 혼자 한참을 울고 다시 카메라를 들이대면서도 여전히 눈물이 멈추지 않았다. 사람의 시체에 카메라를 들이대면서도 나는 울지 않는다. 차가운 렌즈로 들여다보고 손끝의 온기로 셔터를 냉정하게 끊는다. 얼음보다 차갑게. 그러나 나를 울리는 것은 지극히 경외로운 이에 대한 기도와 찬송이다.

사람들이 경외로운 이를 가져야 하는 것을 보면 나는 운다. 우리가 무엇을 처음부터 잘못했기에 산다는 것이 이토록 고통스러운지. 사랑하는 것만으로 충분히 변상을 받아야 하는데도 우리는 왜 울 수밖에 없는지.

어머니는 아들의 손을 놓지 않으신다. 꼭 쥐고 계신다.

작은 경련. 아들도 울고 어머니도 우신다.

사람들이 합창을 한다.

지극히 높으신 분에게.

가게 주인은 말했다
"양 담배 안 팝니다"

저기 한 여자
도회로 가는 버스를 기다린다

낡은 네거리를 지키던 교통 박스
아마 네거리보다 먼저 없어졌다지?

밀려오지 마라
이미 젖은 사랑이다

동경

다지마 씨와 세 딸

다지마 씨는 입버릇처럼 말했다.

"우리 집에 딸이 셋 있으니 꼭 한번 놀러 오시게."

대전에서 태어나 해방 후 귀국, 일본 제일의 생명보험회사 이사로 남부러울 것 없는 다지마 씨. 그런 분이 나만 보면 딸이 셋이나 있으니 집에 놀러 오란다. 점잖은 분이 보잘것없는 한국 유학생에게 딸이 있으니 놀러 오라는 것이다. 귀에 설었다. 몇 번이나 그런 말씀을 하셨지만 인사차

하시려니 하고 흘러들었다. 그러나 다지마 씨는 언제 어디서고 만날 때마다 똑같은 말을 했다. 여러 차례 그런 말을 듣는 동안 나는 염치없는 일인 줄은 알았지만 다지마 씨의 딸들이 궁금했다.

어느 초가을 다지마 씨의 집을 방문했다. 우에노에서 출발한 전철은 지바현 히가시후카이까지 꽤 긴 시간을 달렸다. 다지마 씨는 역까지 나와 나를 반겼다. 역에서 당신 집까지 걸어가는 주택가는 호젓하고 깨끗했다. 유난히 맑은 가을 하늘. 간간이 흰 구름만이 주택가의 지붕 위를 떠돌고 있었다.

다지마 씨의 집은 그다지 크지 않았지만 깔끔하게 정리가 잘 되어 있었다. 부인의 살림 솜씨가 돋보였다. 그리고 나를 반기는 부인 모습이 특별했다. 일본인 특유의 사람을 반기는 법을 익히 알고 있던 나에게 부인의 환대는 의외였다. 다지마 씨의 부인은 나에게 집의 구조를 세세히 알려주었다. 예를 들어 화장실은 여기고 불 켜는 스위치는 여기 있다. 그리고 휴지가 모자라면 이쪽 선반에 있는 것을 꺼내 쓰면 된다는 것 등이었다. 남편을 통해 나의 이야기를 들었다고 치더라도 이렇게까지 부인이 나서서 알려줄 일은 아니었다. 대개 그런 설명은 남자 손님인 경우 다지마 씨가 하는 것이 상례였다.

어쨌든 부인은 나를 정중하게 앞세우고 딸들의 방도 보여주었다. 하나같이 깔끔하게 정리되어 있었다. 느닷없이 생각지도 않은 처녀의 속살을 본 기분이랄까. 딸들의 방문을 열 때마다 묘한 향기에 현기증을 느꼈다.

부인의 안내를 끝으로 준비된 식탁에 둘러앉았다. 부인이 집을 안내하는 동안 식탁은 어느새 세 딸의 솜씨로 깨끗하게 꾸며져 있었다. 식사를 하며 나는 눈을 어디에 두어야 할지 몰랐다. 다지마 씨와 부인은 긴 식탁의 한쪽씩 차지했다. 그리고 큰딸은 나의 왼쪽, 둘째는 나의 앞, 셋째 딸은 대각선 맞은편에 앉았다.

다지마 씨는 내가 불편하지 않게 신경을 쓰는 눈치였지만 부인과 딸들은 달랐다. 부인은 식탁과 부엌을 오가며 내가 하는 젓가락질 하나하나, 숟가락질 하나하나를 세세하게 살폈다. 딸들은 자매들 간에 얘기를 나누는 척하면서 나를 그들의 눈길 밖으로 놓아주지 않았다. 다지마 씨는 이런 식탁의 묘한 분위기를 즐기는 듯했다.

식사가 끝나고 티타임. 둘째와 셋째는 한국에 대해 이것저것 물었다. 외국에 살면서 자기 나라의 문화나 국내 사정을 큰소리로 자랑하는 것이 촌스럽기 짝이 없다는 것을 잘 아는 나로서는 이야기를 제대로 풀어나갈 수가 없었다. 그리고 아버지에게 들은 한국과 내가 말하는 한국은 큰 차이가 있을 수 있어 조심스러웠다.

사실 솔직하게 말하면 나는 이런 자리에 앉아본 경험이 없었다. 그냥 친구들과 떠들고 노는 것에는 익숙해 있었으나 왠지 알 수 없는 친절 속에서 처음 보는 세 처녀와 밥상을 마주한다는 것은 어색한 일이었다.

이때 큰딸이 자연스럽게 이야기의 방향을 사진으로 옮겼다. 어떻게 하면 사진을 잘 찍을 수 있느냐는 등의 아주 초보적인 질문이었다. 나는 얼른 사진기를 꺼내어 사진기 쥐는 법과 핀 맞추는 법, 그리고 노출에 대한 상식적인 이야기를 했다.

유치한 이야기 같지만 나는 나의 가장 멋진 모습을 알고 있다. 왼쪽 어깨에 카메라 가방을 메고 다른 한 손에 사진기를 든 모습. 사자가 먹이를 노리는 그 일순의 침묵과 긴장, 그리고 대상과 일체가 된 순간 여지없이 셔터를 누르는 무념의 결단, 사자가 혼신을 다해 사냥감을 채듯 시간을 베어내는 냉정한 모습, 칼을 들고 적 앞에서 베고 베이는 순간조차 잊어버린 무사의 비장함, 이런 것들이 사진기를 든 나의 모습이라고 늘 상상해왔다.

식탁에 앉아 사진기를 다루는 내 손놀림을 보며 딸들은 경이에 찬 목소리로 감탄했다. 모터 드라이브가 달리지 않은 니콘 FM2의 셔터를 초당 몇 컷씩 눌러대는 손놀림을 본 적이 없었을 것이다. 사진기는 도구이자 눈의 연장이다. 본 것을 거의 반사적으로 노출과 핀을 맞춰 셔터를 누를 수 있도록 숙련되기 위해서는 사진기를 신체의 일부가 되도록 만지작거려야 한다. 마술사가 카드를 주무르듯 사진기를 자유자재로 다루는 모습은 경이로운 일이었을 것이다.

실로 초대받은 주인공이 되는 순간이었다. 분위기에 익숙해지고 주위를 살펴볼 여유도 생겼다.

다지마 씨의 딸들은 하나같이 독특한 개성이 있는 미인들이었다. 분위기를 잘 이끌어내는 큰딸은 명문대 출신이자 사회에 첫발을 내디딘 직장인으로 매사 자신에 차 있었다. 그러나 결코 나서지 않았다. 긴 머리에 일본인 특유의 몸놀림이 아주 자연스러웠다. 그다지 말이 없는 둘째 딸은 대학 졸업반이었다. 가끔 다지마 씨가 둘째 딸에게 좀 더 적극적으로 나에게 물어볼 것이 있으면 물어보라고 채근했지만 부끄러운 듯 웃기만 하고 말을 잘 하지 않았다. 다소곳했다. 셋째 딸은 여대 1년생으로 나하고는 거의 10년 차이가 났다. 작은 얼굴에 투명한 피부로 앳된 모습이었지만 터질 듯이 육감적이었다. 내가 하는 이야기에 관심을 보이면서도 나에게는 그다지 흥미가 있는 것 같지 않았다.

내 앞에 앉은 둘째 딸은 수줍음 때문인지 이야기를 하면서도 눈을 맞추려 하지 않았다. 내 오른쪽에 다지마 씨가 앉아 있었지만 대체로 시선은 왼쪽 편에 두게 되었다. 바로 옆자리에 앉아서 가장 적극적으로 이야기를 이끌어나가며 나에게 관심을 보이던 큰딸과도 시선을 잘 맞출 수 없는 자리배치 때문에 자연스럽게 부인과 막내딸에게 시선이 가는 횟수가 늘었다.

다지마 씨의 부인도 나에게 깊은 관심을 보였다. 그리고 좌중을 둘러보며 내가 누구에게 관심을 보이는지, 어느 딸이 나에게 적극적인지 살피는 것 같았다.

늦은 시간까지 즐겁게 담소를 나누었다. 부인은 방을 하나 비워 잠자리를 마련했으니 자고 가라고 했다. 그날 밤 나는 새 다다미 냄새가 나는 방에서 깨끗하게 빨아둔 이불을 덮고 잠을 잤다.

그 다음해 봄 다지마 씨에게서 연락이 왔다. 큰딸이 결혼을 하니 사진을 찍어줄 수가 있겠느냐는 것이었다. 기꺼이 응했다. 어느 호텔에서 가진 결혼식은 검소했지만 손님은 홀이 차고 넘치도록 많이 왔다. 나는 그 사이를 누비면서 사진을 찍었다. 사진기 뒤에 숨어서 새신부가 된 다지마 씨의 큰딸을 유심히 살펴볼 수 있었다. 참으로 선이 단정한 신부의 모습이었다. 아름다웠다. 사진기라는 것은 작지만 그 작은 것 뒤에 숨어서 렌즈 구멍을 통해 온 세상을 다 볼 수 있다. 그러나 상대는 사진기 뒤에 숨어 있는 사람은 보지 못하고 대개 사진기만 보고 만다.

새신랑도 신부에 걸맞게 키가 크고 잘생겼으며 명문대 출신이었다. 사진기 뒤에 숨어 렌즈를 통해 신랑의 구석구석을 살피던 나는 돌연 내가 신부의 옆에 선다면 어떤 모습일까 생각하게 되었다. 실례가 되는 줄은 알지만 그런 상상을 갑자기 하게 되었다. 그리고 피식 웃음을 삼키고 말았다. 신혼 여행지로 떠나면서 큰딸은 나에게 고맙다는 인사를 몇 번이고 했다. 새신랑에게도 나를 소개했다.

결혼식이 끝나고 사진기를 챙기고 있는데 다지마 씨와 부인이 다가왔다. 그리고 여전히 하시는 말씀이, "아직 딸이 둘이나 남아 있으니 놀러 오시게" 하는 것이었다.

나는 일순 깨달았다. 다지마 씨가 놀러 오라는 것은 자네에게 내 딸을 줄 테니 셋 중 하나를 고르라는 것이었음을.

둘째 딸이 시집을 갔을 때도 다지마 씨는 같은 말을 했다.

"아직 딸이 하나 남아 있으니 놀러 오시게."

다지마 씨의 딸들은 하나같이 미인이었고 명석했다. 그리고 나름대로 독특한 개성을 가지고 있었다. 그러나 나는 결국 다지마 씨의 세 딸 중 아무하고도 결혼하지 못했다. 솔직히 말해 결혼을 한다면 이 세 딸의 장점을 모두 가진 여자와 할 것 같은 허황된 상상을 하고 있었는지도 모른다.

언젠가 나의 보증인이던 고이즈미 씨가 한 말이 생각났다.

"결혼이라는 것은 다른 꽃을 포기하는 것이야. 이 꽃을 쥐고 다른 곳에서 더 이쁜 꽃이 필지도 모를 거라는 상상을 하면 결국 결혼을 하지 못하게 되는 거지."

해지는 채석강에서 젊은이들이 삼삼오오 짝을 지어 말

없이 저녁놀을 바라보고 있다. 동경을 떠나 한국으로 돌아오던 날, 나를 바라보던 다지마 씨의 노여움과 섭섭함이 뒤섞인 눈빛과 세 딸의 모습이 차례로 변산으로 진다.

읽지 않은 성경

내일 아침이면 동경으로 유학을 간다. 책상 위에는 어머니가 올려놓으신 예쁘게 포장된 작은 선물 상자가 하나 있다. 나는 포장을 뜯어보지 않아도 상자 안에 무엇이 들었는지 잘 알고 있다. 성경이다.

어머니는 신실한 크리스천이시다. 유학을 간다는 큰아들에게 어머니가 해주실 수 있는 것은 작은 성경 한 권뿐이었다. 그리고 가난한 살림에 어디서 구하셨는지 순모 담요 한 장. 아들이 택한 고난의 길을 응원하시는 어머니의 유일한 사랑의 표시였다.

다음 날 아침 부모님과 친지 형제들의 환송을 받으며 유학을 떠났다. 포부로 설레기만 하던 출발이었다. 사실 말이 유학이지 무전여행 같은 유학생활을 한다는 것은 참담함의 연속이었다. 각오를 안 한 것은 아니었지만 도착하자마자 아르바이트 자리를 찾아 헤매야 했다. 겨우 다다미 넉 장 반의 자취방을 마련했을 때 비로소 어머니가 주신 빨간 성경을 책상 위에 모셔두었다. 18년 전의 일이다.

일본말을 할 수 없던 유학 초기에는 '야키니쿠야'라는 일본식 불고기 집에서 석쇠를 닦는 단순노동을 했다. 그리고 단어 단어의 의미를 알아들을 때쯤 웨이터나 웨이트리스가 원하는 식기나 컵, 그리고 요리실에서 장만한 음식을 꺼내주는 곳으로 자리를 옮겼다. 초저녁에 식기 세척대 앞에 서면 전철이 끊기기 전까지 내내 서서 기름때 낀 석쇠를 닦는 것보다 편할 것 같아서였다.

그런데 여러 명의 웨이트리스 중 한 명이 나를 곯리는 것을 하루 저녁 일과로 삼았다. 접시의 종류는 어찌 그리 많고 컵의 이름 또한 어찌 그리 많던지. 그 여자는 나에게 필요하지도 않은 주문을 하곤 했다. 제 이름에 맞는 접시나 컵을 건네주지 못하면 기다렸다는 듯이 "김상은 바보니까 접시도 하나 제대로 챙겨주지 못한다"며 궁시렁거리는 것이었다. 지금 생각해보면 그 여자 웨이트리스가 나를 좋아한 것이라고 웃으며 넘겨버릴 수도 있었겠지만 당시 나의 상황으로는 참을 수 없는 모욕이었다.

그런 와중에 일본어를 어느 정도 알아듣게 되고 일본 사정에도 익숙해지게 되었다. 그러나 여전히 그 여자의 놀림은 끝이 날 기미를 보이지 않았다. 그러던 어느 날 그녀에게 뜨거운 국물이 담긴 요리그릇을 건네줄 때 나는 그녀가 채 받기도 전에 그릇을 놓쳐버렸다. 식당 바닥에 내동댕이쳐진 스텐 그릇의 요란한 소리는 그렇다 치더라도 그녀의 치맛자락을 시작으로 여기저기 흩뿌려진 붉은 양념은 가관이었다.

사정이야 어쨌든 식당 안의 손님들이 난리가 난 듯이 우리 쪽으로 집중하게 되었다. 즉시 사태를 수습하러 달려온 점장의 얼굴은 설렁탕 그릇의 양념처럼 붉어져 있었다. 이 일이 있은 후 그녀의 태도에는 다소 변화가 있었다. 나를 두려워하는 기색을 보였다. 그러나 기회만 오면 여전히 나를 곯리곤 했다. 그후에도 몇 차례 그녀를 혼내주기 위해 설렁탕 그릇을 내동댕이쳤지만 결국 그 일본식 불고기집의 아르바이트는 내가 먼저 그만두었다.

일자리를 잃은 그날 밤, 어머니께서 주신 성경이 눈에 들어왔다. 참으로 오랜만에 보는 성경이었다. 언제나 책상 위 그 자리에 있었지만 그동안 한번도 여기 성경이 있구나, 라는 생각을 해본 적이 없었던 것이다. 그날 밤 나는 성경을 만지작거리며 이런저런 생각을 하다 잠자리에 들었다.

새로운 아르바이트를 찾고 있는데 타이완에서 온 '료'라는 친구가 멋진 아르바이트 자리를 소개해주겠다며 다가왔다. 다같이 타국에 와 생존 방법에 골몰하며 학구열을 불태우던 시절, 누구 하나 정에 굶주리지 않은 사람이 없었다. 그래서인지 마음이 통하는 친구를 애타게 그리워했고 그런 사람을 찾고자 노렸했다.

키가 멀대같이 크고 사람 좋게만 생긴 료는 하루 한두 시간 투자해 1만 엔을 벌 수 있는 방법을 가르쳐줄 테니 한번 해보겠느냐는 것이었다. 하루 한두 시간 투자해 1만 엔이라니! 물에 빠진 사람의 심정이 이러했으리라.

두말 않고 료를 따라나선 곳은 다름아닌 빠찡코였다. 료는 여러 가지 빠찡코 기계를 보여주더니 그중 결함이 있는 기계 한 종류를 가르쳐주었다. 특별한 재능이 없어도 기계

자체의 결함 때문에 약간의 요령만 익히면 금방 많은 양의 구슬을 따낼 수 있었던 것이다. 그는 노련한 빠찌프로(빠찡코를 직업으로 해서 먹고 사는 사람)였다.

친구의 성실한 가르침 덕에 나는 그후 약 삼사 개월 빠찡코를 하며 학비와 생활비를 비교적 윤택하게 마련할 수 있었다. 그런데 문제는 한 가게를 뻔질나게 들락거리면 빠찡코에서 지목하는 요주의 인물이 되어 가게 자체에 들어갈 수 없게 되는 것이었다. 야쿠자라고 불리는 건달들이 입구에서부터 들어오지 못하게 하기 때문이다.

우리는 여기저기 전전하며 결함 있는 기계를 찾아다녀야 했다. 그래서 학교에서 가까운 다카다노바바의 많은 빠찡코 가게를 비롯, 멀리 전철을 타고 30분에서 한 시간 이상씩 걸리는 곳을 두루 섭렵하지 않을 수 없었다.

그러나 학교에서 가까운 곳에 있던 결함 있던 빠찡코 기계가 하나둘 새로운 기계로 교체되기 시작했고 우리가 원

정 다니던 먼 곳의 빠찡코 가게들도 모두 새 기계로 교체해버렸다. 우스운 이야기지만 친구와 나는 실직을 하고 말았다. 그후 료는 타일공으로 나는 사우나로 아르바이트 자리를 옮겼다.

어학 코스에서 일본말을 익히던 초기 유학시절에는 학교와 아르바이트 장소를 오가며 생활비와 학비 마련을 위해 모든 시간을 할애했다. 그래서 책상 위에 올려둔 성경은 자식을 기다리는 어머니가 언제나 길가에 나와 앉아 있듯이 홀로 덩그러니 나를 기다리고 있었다. 그러나 가끔 생활의 불안을 느낄 때면 성경을 머리맡에 두고 자든지 아니면 아예 베개 삼아 베고 자기도 했다. 어머니께서 주신 성경은 읽어서 마음의 평안과 지혜를 얻는 것이 아니라 나에게 어떤 의미의 신주단지가 되어가고 있었다.

새로 얻은 아르바이트 자리인 사우나에서는 밤 8시에서 새벽 4시까지 일했다. 아르바이트가 끝난 4시 이후에는 부글부글 거품이 이는 욕탕 속으로 들어가 피로를 풀며 늘어지게 잠을 잤다. 욕조 끝을 베개 삼아 잠을 잔 것이다. 지금 생각해보면 위험하기 짝이 없는 잠자리였지만 한 번도 물에 머리가 빠진 적이 없었다. 신기한 경험이었다. 사람의 몸이란 잠을 자고 있어도 적당한 긴장이 있으면 몸부림을 치지 않는 모양이다.

사우나에서 아르바이트를 해서 번 돈으로 생활비와 학비를 마련해 가고 싶은 사진학교에 진학을 하게 되었다. 같은 학교를 다니던 동료들은 대개 돈이 생기면 멋진 카메라를 사서 어깨에 메고 새 카메라를 자랑하곤 했다. 그때 나는 단 한대의 카메라와 단 하나의 렌즈만 가지고 돈이 생기는 족족 필름을 사서 찍고 또 찍고 또 찍었다.

당시 내가 다니던 사진학교는 약 30년의 역사가 있는 유서 깊은 곳이었다. 훌륭한 사진가를 많이 배출했고 이름만 대면 알 수 있는 역대 포토 저널리스트를 키워낸 명문학교

였던 것이다. 이러한 학교에서 나는 멋진 이정표를 세웠다. 학교 역사상 처음으로 현역인 1학년의 사진이 세계적인 카메라 메이커로 이름난 니콘사에 초대를 받은 것이다. 나는 물론이고 선생님들도 기뻐했다. 학교를 졸업하고 현장에서 10년씩 공을 쌓아도 전시를 할까 말까 한 곳에서 1학년이 전시를 하는 것은 "기적이야, 기적!"이라며 국적을 가리지 않고 즐거워해 주던 선생님들의 모습이 지금도 선하다.

아직 학생 신분이긴 했지만 전시회를 계기로 일본의 잡지사에서 일이 들어왔다. 차츰차츰 고료도 늘고 생활의 안정도 얻었다. 학교와 촬영 현장에서 프리랜서로 활동하며 살던 동경 생활 7년을 마감하고 나는 한국으로 돌아오게 되었다. 이삿짐을 싸다 보니 어머니가 주셨던 순모 담요 한 장은 색도 바래고 털도 다 빠져 한결 가벼워져 있었다. 그리고 책상 위 그 자리에는 여전히 빨간 성경책 한 권이 나를 보고 있었다.

7년간의 동경 생활이 주마등처럼 스쳐갔다. 기쁠 때보다 슬프고 외롭고 춥고 배고플 때 어머니께서 주신 성경을 꺼내 들고 몇 번이고 읽으려 했다. 어머니도 그렇게 하라고 나에게 주신 것일 게다. 그러나 나는 7년 동안 단 한 줄도 읽지 않았다. 성경을 펴서 읽을라치면 북받쳐오르는 서러움에 엉엉 울어버릴 것 같았기 때문이었다. 행복한 시간에는 어머니의 성경이 눈에 들어오지 않았다. 그러나 끝이 보이지 않는 고난을 당할 때는 책상 위에 있던 성경이 어찌 그리도 크게 보이던지.

　읽히지 않는 책을 어찌 책이라고 할 수 있겠는가. 하지만 나를 강단 있는 사람으로 만든 책, 그리고 외로운 사진 작업을 지치지 않고 끊임없이 할 수 있도록 지탱해준 책, 읽지 않은 어머니의 성경 외에는 다시 없을 것이다.

　오늘도 읽지 않은 빨간 성경책이 나의 책상 위에 놓여 있다.

마쓰자키 선생

마쓰자키 선생의 시간 약속은 언제나 특별했다. 3시면 3시지 항상 3시 17분이라든가 12시 23분, 7시 6분, 이런 식이었다.

신학기 첫 강의시간에 들어온 그는 선생의 모습이 아니었다. 야쿠자처럼 바짝 깎은 스포츠머리에 이쑤시개를 질경질경 씹으며 강의실에 들어섰다. 출석부를 강의실 테이블에 탁, 던져 올리면서 마흔 명이 넘는 우리를 휘 둘러보더니 다짜고짜 강요했다.

"훌륭한 사진가가 되고 싶은 사람은 손들어 봐라."

누군가 학생 하나가 손을 들자 여기저기서 하나둘 손을 들기 시작했다. 선생은 손을 든 학생들을 모두 일어나라고 했다. 그러고는 가방을 챙겨 앞으로 나오라고 했다. 학생들이 앞으로 나가자 앉아 있는 학생들과 마주보게 세웠다. 알 수 없는 어떤 힘으로 그는 학생들을 일사분란하게 움직이게 만들었다. 말 한마디에 아무도 거역하지 못하고 그가 시키는 대로 했다. '짧은 머리는 야쿠자'라는 등식 때문도 아니었다.

"내가 20년이 넘게 학교 강의를 했지만 훌륭한 사진가가 되겠다고 공언한 학생 중에 그렇게 된 학생을 하나도 보지 못했다. 나는 더 이상 너희들에게 속고 싶지도 않고 그런 기대를 하지도 않는다. 앞에 서 있는 학생들은 내 강의를 들을 자격이 없다. 조용히 강의실 밖으로 나가라."

그는 완고했다. 칠판에 비스듬히 기대서서 학생들이 다 나가기까지 꿈쩍도 하지 않았다. 앞에 선 학생들은 그의 무관심과 단호로 일관된 태도에 더 이상 관용을 부탁할 수가 없었다. 십여 명의 학생들이 다 나가버리자 그는 다시 물었다.

"우리는 지금 5층에 있다. 모기가 날아다니면서 여러분을 물고 있다. 어떻게 할래?"

그는 손가락 끝으로 한 학생을 가리켰다.

"너, 답해봐!"

우물쭈물하자 그는 여지없이 학생을 밀어냈다.

"나가!"

그렇게 여러 학생이 떼밀려 나갔다. 강의실 안은 살얼음판이다. 우리는 떼밀려 나가지 않으려고 온갖 머리를 굴렸다. 어느 정도 답을 할 준비가 되면 그는 어느새 질문을 바꾸어 버렸다.

"지금이 몇 월인데 모기가 날아다닌단 말이야? 너, 하루 몇 시간 사진에 대해 생각하지? 너 말이야!"

그의 손가락 끝은 냉정했다. 바로 답이 나오지 않으면 손가락 끝으로 학생을 강의실 밖으로 밀어내었다. 아무도 거부하지 못하고 밀려났다. 학생들은 반 이상 줄었다. 마침내 그의 손가락이 나를 가리켰다. 손가락 끝이 가리키는 그 사람을 다 가리는 그런 광경은 처음이었다.

"너!"

"하루 24시간."

마쓰자키 선생은 순간 멈칫했다. 바로 질문이 바뀌었다.

"너희는 수영을 잘한다. 강에 사람이 떠내려간다. 아직 살아있다. 사람을 구할 수도 있고 카메라를 들고 있으니 사진을 찍을 수도 있다. 어떻게 할래? 너!"

내 앞자리의 학생이 머뭇거리자 여지없이 밀어낸다.

"너!"

산발적으로 날아다니는 그의 손가락 끝은 칼날처럼 날카롭다. 아무도 거부할 수 없는, 우리로서는 생각을 가다듬어본 적이 없는 그런 질문의 연속이었다. 카메라를 내던지고 사람을 구한다고 해도 밀려나고 사진을 찍고 난 뒤 구한다고 해도 밀려난다. 그런 상황이 되면 생각해보겠다는 학생들은 완전히 바보 취급을 당하며 밀려났다. 그는 '바보 같은 놈'이라는 말을 학생들의 뒤통수에 꽂는 것을 잊지 않았다.

"너!"

갑자기 칼끝이 내 눈을 가리켰다.

"사진을 찍겠습니다."

"사람이 죽어가는데? 그 잘난 사진을 찍고 있어?"

도마에 오른 고기의 심정이 이런 것일까. 도망갈 곳이 없었다. 마쓰자키 선생은 분명 우리를 가지고 놀고 있었다. 아무도 그의 공격을 막아낼 수가 없었다. 그런 공격을 받아본 적이 없었던 것이다.

"넌 잔인한 놈이다. 그리고 세상 사람들이 분명 너를 잔인한 놈으로 낙인찍을 거다. 사람을 구할 수 있는 능력이 있는데도 죽어가는 사람의 사진을 찍어? 한 장의 사진을 위해? 그럴 수 있어? 넌 잔인한 놈이야!"

그는 집요했다. 몇 남지 않은 학생들은 숨을 죽이고 우리의 싸움을 지켜보고 있었다.

"찍습니다."

"이유는?"

"모르겠습니다."

"이유를 대라. 이유도 없이 사람을 죽여? 넌 살인자야. 정당한 이유를 대지 않는 한!"

대답을 할 수 없었다. 모르겠다는 말 외에는. 답을 알기는 알겠지만 말로 할 수가 없다는 변명을 들이대었을 때 그는 노기를 띠면서 몰아붙였다.

"아는데 말을 못해? 니가 니 엄마를 아는데 엄마라고 안 부르고 뭐라고 불러?"

난감하다. 천하에 잔혹한 질문이다. 마쓰자키 선생은 자기 자리로 돌아갔다. 그러고는 세 시간짜리 수업을 한 시간도 안 하고 마친다는 것이었다. 그러면서 나보고 남으라고 했다.

"한국에서 왔습니다."

선생은 의외였다는 듯이 나에게 술을 좋아하느냐고 물었다. 한창 시절, 없어서 못 먹지 있으면 밤을 샐 수 있는 나였다.

"오늘 밤 고르덴가이 와라지에 7시 6분까지 오게."

마쓰자키 선생은 이 말을 남기고 아무 미련 없다는 듯이 강의실을 나가버렸다. 고르덴가이는 어디며 또 와라지는 어딘지. 7시 6분은 또 뭔가.

우여곡절 끝에 시간에 늦지 않고 와라지의 문을 열었을

때 마쓰자키 선생은 이미 취해서 앉아 있었다.

"너하고 나하고 선생과 학생이 된 것은 운명이다. 스승과 제자가 될지는 두고 보아야 하겠지만, 나를 넘어서지 않고는 감히 스승과 제자가 될 수 없다. 나를 무참히 밟고 넘어서라! 그것의 너의 몫이다."

선생은 나한테 하는 말인지 자신한테 하는 말인시 당시 나로서는 알 수 없는 말을 늘어놓았다. 그리고 우리는 취했고 밤이 깊도록 와라지에서 술을 마셨다. 완전히 망가질 때까지.

고백

마쓰자키 선생이 한국에 왔다. 퀭한 눈에 초췌한 모습이었다. 이가 검어질 대로 검어진 걸로 보아 지병인 당뇨가 걷잡을 수 없이 수위를 넘어섰음을 알 수 있었다.

내가 한국에 돌아온 후 마쓰자키 선생이 한국에 온 것은 이번이 세 번째다. 오면 가까운 호텔에서 이삼 일 정도 잠시 머물다 돌아갔지만 이번에는 아내와 내가 선생을 집으로 모셨다. 내가 평소에 마쓰자키 선생 이야기를 아내에게 했던 관계로 아내도 선생에게 거부감이 별로 없었다. 병환 중의 선생을 위해 아내는 헌신적으로 편하게 해드리고 싶어했다.

선생의 음식에 대한 요구는 다양했다. 짜면 안 된다. 소금은 더더욱 안 된다. 설탕도 안 된다. 스테이크가 먹고 싶다. 생선이 먹고 싶다. 일본식 샤브샤브가 먹고 싶다. 우리는 조금도 선생이 불편해하지 않도록 최선을 다했다. 식사 후 선생은 비스듬히 누워 담배를 피워 물었다. 세상에 맛있는 것이 담배 이상 뭐가 있겠느냐는 듯이 연기를 뿜어대는 그의 모습에서 생에 대한 애착이라고는 하나도 느낄 수 없었다.

그때 우리에게는 막 태어난 딸이 하나 있었다. 강보에 싸여 놀고 있는 딸아이 옆에서 마쓰자키 선생은 예사로 담배를 피웠다. 심지어는 담배 연기를 아이 얼굴에 불며 아이가 손까지 다 감싼 배내옷으로 얼굴을 비벼대는 것을 즐기고 있었다.

"선생님, 담배는 베란다!"

아이에게 하는 것을 보고 놀라 고함을 치면 선생은 "알
았다, 알았다." 하고는 담배를 문 채 베란다로 가는 척하며
그 자리에 주저앉아 담배를 다 피우곤 했다. 그런 선생이
내 집에서 먹고 자고, 끊임없이 담배를 피우면서 한 달 정
도를 머물렀다.

"네가 만약에 니콘 살롱에서 초대전을 하든지 태양상을
받든지 하면 내가 일자리를 소개해주겠다."

언젠가 와라지에서 선생과 술을 마시며 사진 일자리 얻
을 방법이 없겠느냐고 어렵게 말을 꺼냈을 때 선생의 답은
냉담했다. 니콘 살롱은 현역으로 현장에서 10년 이상 공
을 들여야 겨우 전시를 할까 말까 한 곳이다. 학생의 신분
으로는 어림없는 곳이다. 태양상도 마찬가지다. 자존심이

상했다. 차라리 실력을 키워라. 그러면 내가 적당한 시기에 너의 일자리를 알아봐주겠다는 따뜻한 한마디가 내게는 더 절실한 시기였다.

그해 사진학교 1학년 겨울방학 동안 나는 동경의 구석구석을 돌아다니면서 사진을 찍었다. 말 그대로 나는 하루 24시간을 사진에만 몰두했다. 자면서도 꿈속에서 셔터를 눌러댔다.

신학기가 시작된 어느 날 아침 니콘 살롱 관계자에게서 전화가 왔다. 응모에 통과해 오는 5월, 신주쿠 니콘 살롱에서 전시 일정을 잡아두었다는 것이다. 나는 뛸 듯이 기뻤다. 꿈이 현실이 된 것이다. 나는 감사하다는 말을 하고 바로 마쓰자키 선생에게 그 사실을 알렸다. 선생은 별로 놀라지도 않고 저녁에 와라지에서 보자는 말을 하고는 전화를 끊어버렸다.

와라지에서 만난 선생은 축하한다는 한마디 외에는 일

체 다른 말을 하지 않았다. 여전히 술잔을 기울이고 담배를 피워물었다. 선생의 답을 기다리던 내가 용기를 내어 일자리 이야기를 하려 하자 마쓰자키 선생이 날 보면서 말했다.

"소도 뒷걸음질하다 쥐를 잡는 수가 있다. 니콘 살롱에서 전시 한 번 하는 것은 누구나 할 수 있다. 네가 세 번 전시를 한다면 내가 두말하지 않고 일자리를 알아봐주겠다."

나는 들었던 술잔을 그 자리에 딱 놓고 뒤도 돌아보지 않고 와라지를 나와버렸다. 아무리 선생이라고 하지만 사람을 놀려도 분수가 있지. 밤새 분이 풀리지 않았다. 배신감이 들어 두 번 다시 선생을 보고 싶지 않았다. 매일 밤 나를 불러내어 술친구를 삼던 선생에게서도 일체 전화가 오지 않았다.

그렇게 한 주가 지난 어느 날, 선생에게서 전화가 왔다.

"내일 아침 9시 43분에 고단샤 정문 앞에서 보자. 카메라를 들고 나와라."

선생은 간단하게 자기 말만 하고는 전화를 끊어버렸다.

고단샤는 어디 있으며 카메라는 왜 챙기라고 하는지, 머릿속이 분주하게 움직이는 가운데 나는 직감했다. 일거리다. 놓칠 수 없는 기회. 마쓰자키 선생은 솜씨를 두 번 요구하지 않는다. 한 번으로 끝이다. 멋진 일자리를 얻느냐 다시 식당에서 접시를 닦으며 아르바이트를 계속하느냐는 내일 하루에 달렸다. 솜씨를 보여주어야 한다.

나는 그날 빌려온 친구의 카메라를 잠을 설쳐가며 손에 익혔다. 당시 나는 니콘 FM2라는 카메라 한 대와 35밀리 렌즈 하나밖에 없었다. 고단샤까지는 지도를 들고 전철을 확인해가며 벌써 한 번 다녀왔다. 내일 아침에 시간을 맞춰 가는 데는 지장없다.

취재 현장에서 촬영을 하는 동안 마쓰자키 선생은 일체 말이 없었다. 이래라저래라 주문도 하지 않았다. 나는 초조했고 닥치는 대로 사진을 찍었다. 내 카메라와 빌린 친구 카메라로 같은 장면을 중복해서 찍었다. 혹시 카메라가 고장이 날지 모른다는, 고장이 나더라도 어느 카메라든 한쪽에는 꼭 사진이 찍혀 있어야 한다는 강박관념이 나를 한 치의 긴장도 풀 수 없게 만들었다.

취재가 끝난 저녁, 파김치가 되어 암실에서 프린트를 해 가지고 나왔다. 마쓰자키 선생은 사진은 보지도 않고 위층의 편집실로 가지고 갔다. 얼마 후 돌아온 선생은 와라지로 가자고 했다. 가는 동안 선생은 아무 말이 없었다. 바늘방석이었다. 좋다든지 나쁘다든지 한마디라도 해주면 좋겠는데, 매 맞는 아이보다 매를 기다리는 아이가 더 공포에 떤다는 것이 바로 이런 것일 게다.

와라지에서 술을 몇 잔 연거푸 드신 선생은 초조해하는 나에게 말했다.

"데스크에서 다음 일을 너에게 맡겼다."

선생의 입가에 아주 짧게 웃음이 번지는 듯했다. 반년 이상 선생과 술을 마셨지만 그런 표정은 처음 보았다.

"잘해봐라."

선생은 자신의 술잔으로 내 술잔을 가볍게 두드렸다.

마쓰자키 선생은 포토 저널리스트가 아니다. 그는 최고의 필력을 자랑하는 자유기고가로서 초일류의 카메라맨을 마음대로 선별해서 쓸 만한 위치에 있었다. 그런 마쓰자키 선생이 인정했다. 너무도 기쁜 일이었지만 나도 어느새 마쓰자키 선생처럼 냉정하게 술을 마시고 있었다. 그리고 마셔도 마셔도 취하지 않았다.

내 집에 한 달을 머문 마쓰자키 선생은 어느 날 아침 이혼한 아내가 있는 뉴욕으로 가겠다며 갑자기 짐을 챙겼다. 짐이라 해야 속옷 몇 벌과 대학노트 몇 권이었다. 그러고는 바래다드리겠다는 우리를 뿌리치고 혼자 택시를 타고

휑하니 가버렸다.

"본래 그런 선생이다."

당황해하는 아내에게 나는 이 말로밖에 설명할 길이 없었다.

선생은 어제 저녁 나를 앉혀놓고 이런 이야기를 했다.

"알다시피 네가 사진을 잘 찍는다고 하지만 너만큼 찍는 카메라맨은 세상 어디를 가나 수두룩하다. 기획이 구십, 사진은 십이다. 냉정하게 세상을 보고 싶은 철학의 잣대를 가지고 우선 생각해라. 사진을 찍기 전에 찍는 너와 찍고자 하는 대상이 무엇인지를 완전히 파악해라. 충분히 그러고 난 뒤 확신이 서면 그때 그것을 인화지에 옮겨라. 그게 사진가다. 사진가란 사상가다. 카메라란 네 사상을 옮기는 연필 같은 도구다. 철학 없이 사진을 찍는 사람은 그저 찍사에 불과하다. 그리고 결국 남에게 휘둘린다. 내가 너에게 일본어로 기사를 쓰게 한 것도 다 그런 이유에서였다. 그리고 마지막 한 가지, 너는 이제부터 혼자 살아야 한다. 나를 무참히 밟고 일어서지 않으면 또 누군가에게 기댈지 모른다. 이전의 네가 그랬던 것처럼. 이제 그런 날이 가깝게 온 것 같다. 만약 그런 날이 오면 천상천하에 혼자설 기회를 절대 잃어버리지 말아라."

'그런 날'이 닷새가 지난 새벽에 왔다.

내 집에서 가까운 특급호텔에서 전화가 왔다. 내용은 마쓰자키라는 일본 사람이 체크아웃을 하는데 돈이 없다고 한다는 것이었다. 그러면서 나에게 전화를 하면 해결해줄 것이니 전화를 하라고 해서 이렇게 새벽 시간에 전화를 한다는 것이었다.

사람에게 가장 모진 것이 정인데 마쓰자키 선생의 가르침은 너무도 혹독했다. 선생은 왜 나와의 인간관계까지 시험대에 올리면서 홀로서기를 가르치고자 했을까.

나는 호텔 측에 냉정하게 말했다.

"그런 사람 모릅니다."

그리고 전화를 끊었다. 나는 잠시 넋을 잃었다. 이래도 되는 건가? 혹시 정말로 돈이 없어서 그런 것은 아닌가? 뉴욕에 간다는 선생이 호텔에서 닷새 동안 무얼 하고 있었단 말인가?

아무래도 견딜 수가 없었다. 바쁘게 차를 몰아 호텔 프런트로 갔지만 선생의 모습은 보이지 않았다. 직원에게 물으니 마쓰자키 씨는 현금으로 다 계산하고 약 30분 전에 체크아웃을 했다는 것이다.

그날 이후 나는 마쓰자키 선생을 다시는 볼 수가 없었다. 동경과 뉴욕에 전화를 했지만 전화번호도 다 바꾸어버렸다.

죽음을 앞둔 선생이 내 집에 왔었다. 제자에게 이토록 뼈아픈 고백을 하게 해놓고, 그러고는 어디론가 흔적도 없이 사라져버렸다.

사람은 길을 만들고 길은 사람을 인도한다

해 넘은 골목길 돌아
집과 집 사이를 돌아 네 이름을
부른다

파도가 부른다
어머니가 부른다

빛이 걷고 있다
사진기가 걷고 있다

당신이 버린 내가
걷고 있다

걸어도 걸어도 전신주
걸어도 걸어도 육신 안

잘 자라 변산

영원한 방랑

청춘의 날에 떠돈 것이라고 해서 과거가 아닙니다. 세월
은 흐르고 나이는 먹어가지만 그때의 저는 지금 여기 여전
히 그대로 있습니다. 내가 떠돈 시간과 장소는 단 한 발자
국도 현재를 벗어나지 못했습니다. 청춘의 방랑은 당시의
현재였고 지금의 현재이며 미래에도 현재이기 때문입니
다. 그리고 고백하건대 나의 방랑은 세계를 떠돌았지만 나
는 결단코 내 육신 밖으로 한 뼘도 벗어나지 못했습니다.

저는 끝없는 방랑 중에 타자와의 대면도 자신과의 직면도 제대로 할 수 없었습니다. 그것은 내가 만든 타자라는 세계의 이상향, 그리고 스스로 만들어낸 자신이라는 우상의 그늘에서 참된 자신을 볼 용기가 없었기 때문이었습니다.

떠돌아보면 세계는 어디나 같습니다. 그리고 자신은 자신 이전의 온전한 자신으로 이미 존재했다는 것을 어렴풋이 느끼게 되었습니다. 그것은 형상도 없고 질량도 없으며 무색무취하여 오감으로 만질 수도 느낄 수도 없습니다. 그래서 그 어렴풋하던 경험을 쉽게 잊어버렸습니다. 자신을 만나고도 자신을 잃어버린 것입니다.

사랑하던 사람도 미워하던 사람도 하나둘 돌아올 수 없는 강을 건너가고 나 역시 어느새 해 지는 강가에 다다랐습니다. 수많은 사람들이 건너가는 것을 보았고 다시 돌아오지 못하는 것을 보았습니다.

마쓰자키 선생과 닮은 사람이 강을 건너가는 것을 보았습니다. 삼촌이 가던 길을 멈추고 나를 향해 오랫동안 뒤돌아 서 있던 것도 기억납니다. 그렇게 아버지가 가시고 할아버지, 할머니가 가시고 그리고 이제는 슬슬 나의 차례가 온 것도 압니다.

그러나 두렵지 않습니다. 나는 탄생 이전부터 있던 온전하기 그지 없는 본래의 나, 청정한 모습 그대로를 보았기 때문입니다. 내가 떠돌고 떠돌아 만난 것은 스러져가는 모든 것과 절대 스러지지 않는 나 자신이었습니다.

나는 끝없이 세계와 자신을 사랑하고 흠모했으며 지금도 사랑하고 사랑하기 때문입니다. 그러면서 긍휼이 여기는 법을 배웠기 때문입니다. 사랑과 긍휼에는 과거도 미래도 없습니다. 오직 현재만이 있을 뿐입니다. 그래서 나의 청춘 방랑은 시들어버린 과거도 아니며 누구나 탐하는 미래도 아닙니다. 그것이 진정한 본연의 나이고 바로 당신입니다.

방랑은 아직 끝나지 않았습니다. 저는 육신 밖으로 단 한 뼘도 나가지 못하고 영원한 현재에서 과거나 미래로 가지도 않지만 저의 방랑은 영원합니다. 그리고 그것은 언제나 지금, 여기입니다.

저는 여전히 당신을 사랑하고 있습니다.

김홍희

시인, 에세이스트, 칼럼니스트 그리고 사진가.

불꽃같은 삶을 추구해 '앉으면 쓰고 서면 방랑하는 자유인'이며 모터사이클 마니아다. 2019년 애지신인문학상 시부문에 당선되었고 칼럼니스트로서 〈국제신문〉의 '세상읽기' 칼럼을 8년째 연재하고 있다.

저서로 『방랑』, 『나는 사진이다』, 『세기말 초상』, 『결혼시말서』, 『아무것도 보지 못했다』, 『몽골 방랑』, 『상무주 가는 길』, 『사진 잘 찍는 법』 등이 있고 현각 스님의 『만행-하버드에서 화계사까지』, 법정 스님의 『인도 기행』, 조용헌의 『방외지사』 등에 사진을 실었다.

청춘방랑

개정 1판 발행 2019년 12월 5일
지은이 김홍희
펴낸이 반송림
펴낸곳 도서출판 지혜
편집디자인 반송림
주   소 34624 대전광역시 동구 태전로 57. 2층
                    (삼성동, 도서출판 지혜)
전   화 042-625-1140
팩   스 042-627-1140
전자우편 ejisarang@hanmail.net
애지카페 cafe.daum.net/ejiliterature

ISBN : 979-11-5728-378-1 03810